国宝奏议

陈晓斌

读者出版社

图书在版编目（CIP）数据

国宝莽权 / 陈晓斌著. -- 兰州：读者出版社，
2023.11
  ISBN 978-7-5527-0740-3

Ⅰ.①国… Ⅱ.①陈… Ⅲ.①纪实文学－中国－当代
Ⅳ.①I25

中国国家版本馆CIP数据核字（2023）第096977号

国宝莽权

陈晓斌　著

策划编辑　王先孟
责任编辑　张　远
封面设计　杨　楠

出版发行　读者出版社
地　　址　兰州市城关区读者大道568号（730030）
邮　　箱　readerpress@163.com
电　　话　0931-2131529（编辑部）　0931-2131507（发行部）

印　　刷　陕西龙山海天艺术印务有限公司
规　　格　开本880毫米×1230毫米　1/32
　　　　　印张9.75　插页4　字数198千
版　　次　2023年11月第1版
　　　　　2023年11月第1次印刷
书　　号　ISBN 978-7-5527-0740-3
定　　价　58.00元

王莽权衡，1925 年出土于今甘肃省定西市安定区。图为甘肃省定西市安定区城市雕塑《王莽权衡》

2

1. 铜丈　　　2. 铜衡杆
3. 铜钩　　　4. 二钧权
5. 九斤权　　6. 六斤权
7. 三斤权

1

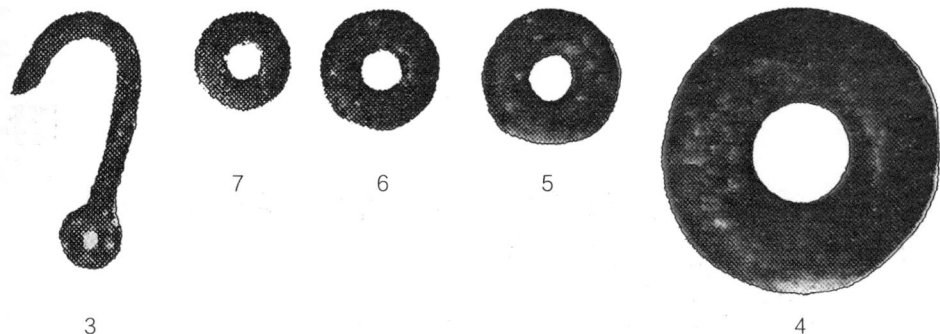

3　　7　　6　　5　　4

　　七件莽权。1925年出土于甘肃省定西县（今定西市安定区）巉口镇称钩驿，出土时共八件，包括一丈（出土时断为两截）、一杆、一钩，以及五枚环权。这批器物为王莽新朝时期度器和衡器，被后人统称为"王莽权衡"或"新莽权衡"，简称"莽权"。铜衡杆、石权（即四钧权，图中未出现）、九斤权现藏于中国国家博物馆，铜丈、铜钩、二钧权、六斤权、三斤权现藏于台北故宫博物院。图选自1935年《古物保管委员会工作汇报》

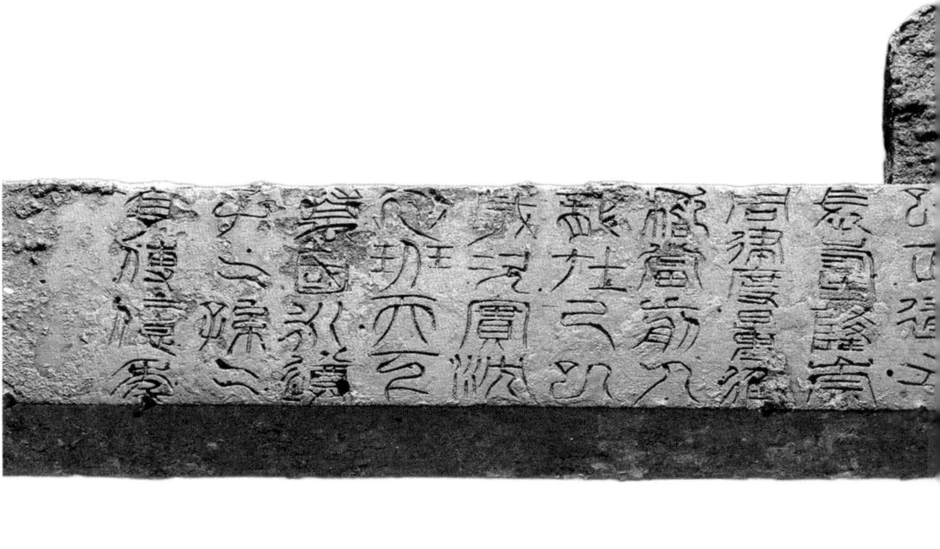

　　新莽权衡铜衡杆及铭文。1925 年定西县（今定西市安定区）巉口镇称钩驿出土。图由冯勇先生提供

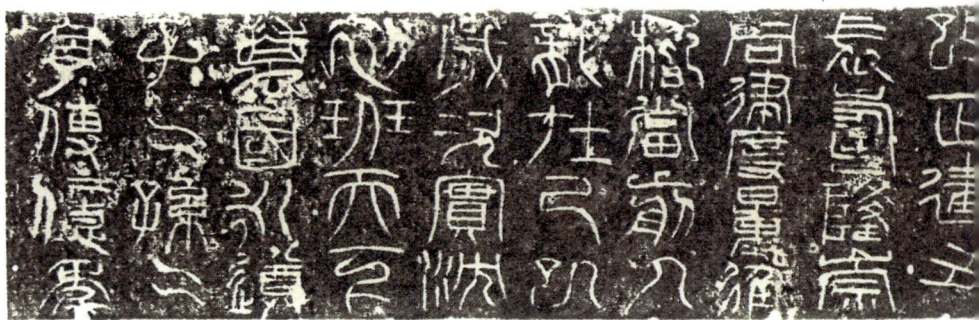

右臨莽權銘文
時在癸卯立秋後二日
繢堂　李尋

新莽权衡器铜衡杆铭文拓片。1925年定西县（今定西市安定区）巉口镇称钩驿出土。图选自《中国古代度量衡图集》

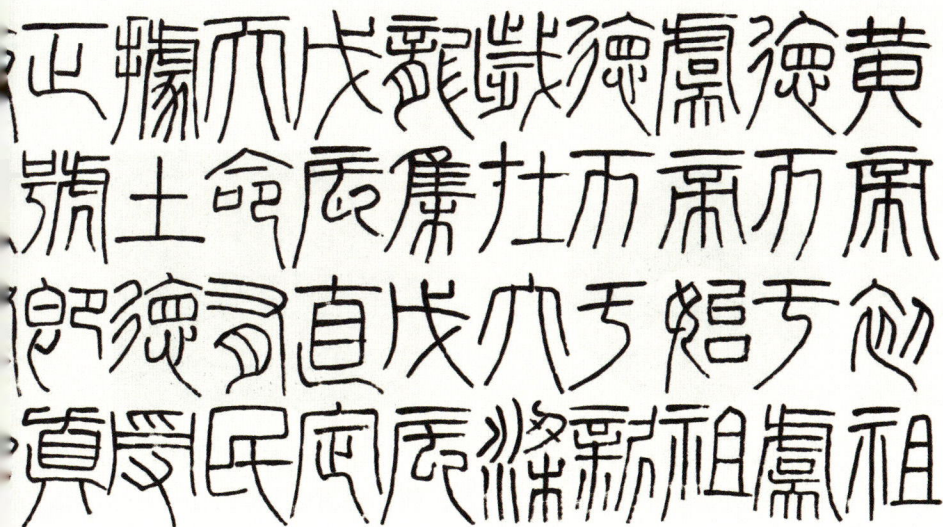

新莽权衡铭文。李步宁临摹

新莽权衡石权。图由冯勇先生提供

新莽权衡石权铭文。图由冯勇先生提供

新莽权衡九斤权。图由冯勇先生提供

新莽权衡九斤权铭文。图由冯勇先生提供

序言：新莽权衡里的丝路故事

新莽权衡里的丝路故事，延续两千年，绵亘上万里，珍藏历史记忆，托寄家国情怀，说不尽，道不完。

张骞"凿空"，丝绸之路畅通，关中通往河西走廊的南北两道是汉代中央政府重点管控和维护的道路。新莽权衡的出土地定西称钩驿，处在南道（汉晋史籍中的陇道）平襄（今通渭）通往令居（今兰州西部）的节点上。居延汉简、敦煌马圈湾汉简和额济纳汉简中均出土新莽时期官文书简，其中包括王莽代汉诏告天下的制书和"征讨"西域的诏书。新莽政权的年号、地名等频繁地出现在相关文书简中。需要说明的是：定西新莽权衡之外，"陇道""高平道""河西道"上还遗留有新莽时期的度量衡器和诏版铭刻，如庆阳市镇原县博物馆藏新莽紫铜诏版（现藏镇原县博物馆）、兰州市榆中县出土新莽铜权（现藏榆中县博物馆）等。河西四郡的设立，塞防体系的完备，驿道的维护和管理等一系列措施，进一步促进了民族的交往交流交融，便利了军政人员、戍边士民、使者和商旅等的往来，丝绸之路的功能和作用得到进一步的发挥。

长期以来，大陆与台湾文博界保持着交流和联系，甘肃彩陶、秦文物、佛教文物的专题展览都曾在台湾举办，台湾研究秦汉简牍、玉器、书画的学者有多人到甘肃省博物馆等文博机构交流。在同仁的交流当中，大家一致认为，分处大陆中国国家博物馆和台北故宫博物院的一套定西出土新莽权衡器，有着重要历史价值、文物价值，是中华民族的国宝。

自20世纪20年代出土以来，定西新莽权衡器受到包括学术界在内的社会各界的高度重视：出土地定西市安定区有大型雕塑——《王莽权衡》；中央电视台拍摄了专题纪录片《莽权寻踪》（上、下集）；发表于各类纸质媒体的研究类、记述收藏传奇的文章多达数十篇。但是，我们认为，这套珍贵的国宝级文物的重要价值，与其对应的社会知名度与文物本身内涵的发掘还是远远不匹配的，需要进一步加大研究力度，提高其知名度，在文博热、丝路热、故事热的背景下，让更多的人知道新莽权衡，了解新莽权衡。

我省知名作家陈晓斌同志，长期致力于发掘甘肃历史文化遗珍，弘扬传播至美至高的民族精神、家国情怀，取得了不俗的成绩。他的新著《国宝莽权》，第一次向世人全面讲述莽权故事，故事之精彩，考证之严密，史料之翔实，用力之勤劳，令人赞叹欣赏。这是一本介绍和宣传祖国珍贵文物的好书，回应了时代的需要。书中讲述的莽权故事、定西故事、甘肃故事、丝路故事，能够吸引业内人士和喜欢听故事的读者，能够促使更多的人走近莽权，面对莽权。

2023年6月2日，习近平总书记在北京出席文化传承发展座谈会并发表重要讲话。总书记指出："坚定文化自信。自信才能自强。有文化自信的民族，才能立得住、站得稳、行得远。中华文明历经数千年而绵延不绝、迭遭忧患而经久不衰，这是人类文明的奇迹，也是我们自信的底气。"讲述好国宝故事，让博物馆的文物活起来，这是坚定文化自信、践行总书记系列讲话精神的具体实践。我们面对这套具有重要价值的国宝时，将更加清晰而自信地认识到中华文化的源远流长和博大精深！

甘肃省博物馆研究员　李永平

目　录

缘起

公元 319 年夏—1925 年夏

铜丈，新莽时期度器。长229.2厘米、宽4.7厘米、厚2.4厘米，重21.8公斤。上刻铭文两行，内容与铜衡杆上一致，因出土时断为两截，故缺少10字，只余71字。

1932 年 6 月 17 日，甘肃省城皋兰县（今兰州市城关区）发生了一件奇事。那几日雨水颇多，17 日当晚七时，天空阴云密布，"忽发暴雨，雷电交加，甚为猛烈。当时广武门外（位于城东）王姓房内，有西北隅发现火球，在院内旋绕，将屋柱半截轰去无踪，旋即向东南飞去。此外并未伤其他什物，又闻墙壁上留有类似爪痕遗迹。"《西北新闻日报》的这则报道成为记录神秘自然现象——球状闪电——的珍贵记录。

　　然而这天，皋兰县有更加轰动的事件发生。就在这暴雨倾盆、球状闪电现世之夜，陈列在甘肃省立民众教育馆内的国宝"新莽权衡"神秘遗失。现在回看，实属一波未平，一波又起。

　　1932 年 6 月 17 日神秘遗失的国宝莽权，在中国历史中的行踪犹如球状闪电般神秘，此前见诸史料的记载仅有三次。

　　　　赵石勒十八年七月，造建德殿，得圆石，状如水碓，铭曰："律权石，重四钧，同律度量衡。有辛氏造。"续咸议，是王莽时物。

——《晋书·志第六·律历上》

建德校尉王和掘得员石，铭曰："律权石，重四钧，同律度量衡，有新氏造。"议者未详，或以为瑞。参军续咸曰："王莽时物也。"其时兵乱之后，典度堙灭，遂命下礼官为准程定式。

——《晋书·载记第五·石勒下》

东晋大兴二年（319年），羯族人石勒（274—333）自称大单于、赵王，于襄国（今河北省邢台市襄都区一带）即赵王位，称赵王元年，史称后赵。后赵太和二年（329年），石勒灭前赵。次年，石勒称帝。石勒在襄国修建了巍峨壮观的宫殿群建德宫，其主殿建德殿制式仿照魏明帝曹叡建于洛阳的太极殿。据《晋书》记载，在修建建德殿时，负责修建大殿的建德校尉王和掘得一中心开孔圆石，形似水碓（舂米的水磨上的圆形转盘），上有铭文："律权石，重四钧，同律度量衡，有新氏造。"大家都不认识此物，议论纷纷，有人引为祥瑞。有个名叫续咸的参军博闻强识，他研究一番后断定此物"王莽时物也"。当时正值兵乱，以前的典章制度多埋没消失，因此石勒命下礼官参照此物来制定度量衡程式。①

后魏景明中，并州人王显达献古铜权一枚，上铭八十一字（实录七十九字）。其铭云："律权石，重四钧。"又云："黄帝初祖，德币于虞。虞帝始祖，德币于新。岁在大梁，龙集戊辰。直定，天命有人。据土德受，正号即真。改正建丑，长寿隆崇。同律度量衡，稽当前人。龙在己巳，岁次实沈。初班天下，万国永遵。子子孙孙，亨传亿年。"此亦王莽所制也。其时太乐令公孙崇依《汉志》先修称尺，及见此权，以新称称之，重一百二十斤。新称与权，合若符契。

——《隋书·志第十一·律历上》

北魏宣武帝景明年间（500—503 年），并州（今山西省太原市，长治市壶关县、襄桓县一带及晋中市榆社县、昔阳县一带）人王显达向朝廷进献古铜权一枚，上有铭文"律权石，重四钧"并刻有八十一字。这是王莽新朝铜权。当时的太乐令公孙崇正在依据《汉志》修订度量衡的称和尺，见到此铜权，用当时尚留存的新莽时期的秤来衡量，恰好重一百二十斤。

① 古代将青铜器和石刻碑统称为"金石"，王和掘出的"圆石"是青铜器。关于此圆石出土的具体时间，《晋书·律历志》说是"赵石勒十八年七月"，即公元337 年，此时石勒已经去世，此前335 年其侄石虎已将都城迁至邺，因此《晋书》中的出土年份恐不确切。

甘肃省定西市巉口镇，关川河东岸断崖（图中左侧）。陈晓斌 2021 年 9 月摄

时间到了中华民国十四年（1925 年）。这年七八月的一天，甘肃省定西县（今定西市安定区）巉口镇称钩驿，十三岁的小村民秦恭放牧时，在关川河（黄河支流祖厉河的支流）东岸发现一处被雨水冲刷出的沟崖，崖下一人多深的地方有几块半圆的金属状硬物露出土外。[①] 秦恭很好奇，第二天，他便叫上哥哥秦让一起去挖。他俩共挖出大小不等的铜制圆环五个，铜钩一个和长短不一的铜条三根。其中两根铜条一端都有断折痕迹，连接断痕发现刚好能凑成一整根，因此兄弟俩实际挖出八件。除铜钩外，其余七样铜器上都刻有花纹。这堆物件很重，兄弟俩用冰草搓成绳子，费力拉回家，他们问遍村民，没有人认得，有人说这花纹像是文字，但读不懂意思。于是这些物件就被兄弟俩当作杂物，堆置在院墙角落。

---

　　① 后世对这些物品出土的时间地点一直众说纷纭，本书所称出土自 1925 年，史料出自甘肃省定西地区农机厂（总厂）薛仰量于 1980 年走访当事人秦恭的口述记录，采访时哥哥秦让已去世。采访文章刊发于《中国历史博物馆馆刊》1980 年第 2 期《定西新莽权衡出土的地点和经过》，当最为可信。其他资料如傅振伦《甘肃定西出土的新莽权衡》（《中国历史博物馆馆刊》，1979 年第 1 期，总第 1 期）、《中国历代度量衡考》（邱光明编著，北京：科学出版社，1992 年 8 月）、《甘肃省志·文物志》（甘肃省地方史志编纂委员会、《甘肃省志·文物志》编纂委员会编纂，北京：文物出版社，2018 年 11 月）称于 1926 年出土；《古物保管委员会工作汇报》（古物保管委员会编，北平：大学出版社，1935 年 5 月）称于民国十六年（1927 年）出土；《中国科学技术史·度量衡卷》（邱光明、邱隆、杨平著，北京：科学出版社，2001 年 6 月）称于 1927 年出土；《甘肃民国日报》1934 年 4 月 18 日报道称于民国十七年（1928 年）出土；张维《陇右金石录》（甘肃省文献征集委员会校印，1943 年）称于民国十八年（1929 年）出土。这些说法各异，但都缺乏一手资料印证。此外傅振伦文章称："当时有些日报说，这批文物出土于天水县（今甘肃省天水市），一说出土于陕西周至县，乡民以十八元售于县政府，都是传闻之误。"

秦氏兄弟根本没想到，他们当时挖出的这堆不知名堂的物件，后来竟然引出一系列跌宕起伏的故事，在民国年间的甘肃省内和中国境内引发了旷日持久、影响巨大的社会纷争。

竞购

1929 年春—1930 年春

铜衡杆，新莽时期衡器部件。长 64.74 厘米、宽 1.6 厘米、高 3.3 厘米，重 2442 克。状如横梁，中部有钮，推测标准器形应为等臂天平，一端悬挂权石，另一端固定铜钩用以悬挂称量物。杆身刻 81 字铭文："黄帝初祖，德帀于虞。虞帝始祖，德帀于新。岁在大梁，龙集戊辰。戊辰直定，天命有民。据土德受，正号即真。改正建丑，长寿隆崇。同律度量衡，稽当前人。龙在己巳，岁次实沈。初班天下，万国永遵。子子孙孙，亨（享）传亿年。"

兰州中山市场

时间来到1929年，此时的甘肃已连续四年大旱，瘟疫横行，全省六十四县有五十八县受灾，又加军阀混战，天灾加人祸，致使全省爆发了惨绝人寰的大饥荒。"这就是老人们常说的民国十八年大饥荒。粮食早已吃罄，草根树皮、野兔野鼠都被吃光，继而出现人吃人的惨剧。全省先后有二百四十余万人死于饥饿、瘟疫。"①

甘肃属大陆性气候，旧中国农田水利设施极为落后，旱灾成为甘肃最为普遍的自然灾害，农谚说"三年一小旱，十年一大旱，二十年一特旱"，更有"十年九旱"之说。民国十八年（1929年）的饥荒范围广大，"以陕西为中心，遍及甘肃、山西、绥远、河北、察哈尔、热河、河南八省，并波及山东、苏北、皖北、湖北、湖南、四川、广西的一部或大部，形成了一个面积广袤的大荒区。旱情旷日持久，一直延续到1930年。"②此时的甘肃属于

---

① 陈晓斌：《百鸟朝凤》，《读库1706》，北京：新星出版社，2017年。

② 刘仰东、夏明方：《灾荒史话》，北京：社会科学文献出版社，2011年，第177、198页。

巉口镇朝西的方向。陈晓斌 2021 年 9 月摄

1932 年甘肃省定西县雨后青岚。图选自日本亚细亚写真大观社（大连）编
《亚细亚大观》1933 年 1 月号第 103 期

　　1932 年甘肃省定西县称钩驿。这幅照片于 1932 年由日本人拍摄，是作者目前发现的称钩驿最早的影像资料。照片中远处是一座漂亮的牌楼；中间是戴着礼帽和草帽的纷纷往来的行人，三头驴子并行驮着货物，路中间被大车轧出两道沟渠；两侧是商铺和住户；下方一条大黑狗，不惧行人、不怕碾压，横卧在街道上。图选自日本亚细亚写真大观社（大连）编《亚细亚大观》1933 年 1 月号第 103 期

冯玉祥西北军的势力范围。3月1日,冯玉祥的部下、甘肃省政府主席刘郁芬致电南京国民政府:"甘肃各地连年天灾兵祸,田庐漂没,村落焚毁。树皮草根,俱已食尽。人相争食,死亡枕藉。山羊野鼠,亦均啖罄。既乏籽种,又缺耕牛。度日不遑,失时谁计,虽有沃壤,终成石田。似此情势,将坐误春耕,无望秋收。灾民流离失所,无家可归者百万以上。哀此边民,宁不同归于尽?请予赈济。"

覆巢之下焉有完卵,定西县巉口镇同样遭受巨大灾难,秦氏一家也陷入窘境。困难之际,秦让想起院中角落还有一堆破烂铜器,于是决定把它们运往省城贩卖,看能否卖个好价。据秦恭回忆,1929年春天,秦让叫了一个乡邻帮忙把那些铜器分别装在两个木推车上,载往省城。

巉口镇在定西县城北四十里处,坐镇金鳌、墩岭两山之中,故名巉口,自古就是西安通往兰州的必经之地。秦让他们出巉口,前往西北方向一百五十里外的省城皋兰县。[①]

秦让他们走了一天多,终于看到了省城皋兰县的外郭东城门迎恩门(即今东稍门)。进了城门,一路看见火药局、刘忠壮公祠、刘果敏祠、招忠祠、全省忠义祠等(这一带名下东关,是东南方向进入省城的第一通道,清代在这里密集建造祠堂,以表彰在西北用兵阵亡的将士),秦让来不及细看,一路打听,得知

---

① 民国政府先后改清代兰州府为兰山道、兰山区,1928—1935年撤兰山区,原区下辖皋兰、榆中、永登三县直接归省政府管理,省会驻皋兰县,即今兰州市城关区。

城里卖古玩的地方集中在中山市场。中山市场所在地原为普照寺（老百姓俗称大佛寺），是省城最大的寺庙。民国十七年（1928年），刘郁芬将普照寺辟为中山市场，寺庙方丈"蓝和尚"[①]极力争取，保留了大雄殿、药王殿、观音堂、藏经楼。刘郁芬将其余殿宇都改为铺面，空地处设地摊，将普照寺北边与东大街打通，并将省政府门前辕门广场摊贩迁入，市场经营百货、古玩、小吃，开设茶园等。随后十年，这里成为兰州城区最繁华的市场。秦让他们找到中山市场，此时虽值饥荒，市场上倒是有些人气。

中山市场卖古玩分古董摊和挂货铺两种。古董摊是临时摆设，地点不固定，出售物件七零八碎；挂货铺有固定场地，设在市场周围回廊和佛殿改造的铺面中。挂货铺一进门，墙上挂着各式字画、壁毯、喜寿福壁灯、旧戏服等，屋中间高高架几根横杆，上挂宫灯、牛角灯、弓箭、丝织品等，玻璃柜、桌案、地面陈列各类玉石、铜器、瓷器、木器，总之虽然珍贵古董少，多为明清时期百姓用品，但五花八门的陈设多少让从乡下来的秦让两人望而生畏，不敢进门。

秦让两人走了几处古董摊，摊主见是一堆破铜烂铁，都摇头不收。这时有个经营挂货铺的古董商马实斋正在铺面里向外观

---

① 俗姓兰，法号众诚，为禅宗曹洞宗传灯弟子，百姓称"蓝和尚"。蓝方丈向民众弘法，主张维护和平、反对侵略、团结抗日等思想，在民众间影响深远。中共地下党组织在兰州秘密活动时期，蓝方丈常设法掩护，他说："共产党舍己为人，与佛家法理相合，就是'与其独自生，不若为众死'。"民国二十八年（1939年），日本战机数次空袭兰州，中山市场被夷为平地，方丈舍身护经，在藏经楼熊熊大火中殉国殉教，实乃高僧大德。

甘肃省城全图

甘肃省城全图。甘肃陆军测量局 1926 年绘

望，看这两个人推车游走多时，心下好奇，便出门凑过去。一看之下，马实斋对两推车里的东西也认不出来，但他看到铜器上面有一些文字，心头一动，便给秦让说按照碎铜价格开六十元大洋。要知道，当时甘肃造币厂（1927—1935年）的高级职员薪金最多者也不过每月六十多元。[①]接连碰壁，甫一有人开出这笔巨款，秦让高兴极了，连忙答应。

　　事情办妥，这边秦让请帮忙的乡邻在中山市场饱餐一顿，满意回家；另一边马实斋急忙跑出门，去找另一个懂行的古董店老板张寿亭。张寿亭是个对历史有些研究的人，他看到这些铜器，面上毫无表情，不置可否，只说留下研究研究。到了晚上，张寿亭查阅资料，辨别铭文，经过一番探究，越发心热起来。他初步判断这可能是某个朝代的朝廷统一制作颁行的度量衡。秦始皇一统天下，统一度量衡，度器计量长度，量器计量体积，衡器计量重量。眼前这器物，应该就是衡器：两根铜条（其中一根断为两截）像是秤杆，其中一根秤杆上还刻着好几十个文字；铜钩显然就是秤钩；五个铜圆环应该是秤砣，最大的铜环上刻着"律权石，重四钧"，还有与秤杆上一样的几十个文字，第三大的铜环刻着"律九斤"等十几个字。至于秤砣为什么是外圆中空的环，一时无从知晓。张寿亭算盘已定，不动声色，只提出给马实斋二百四十元大洋。马实斋哪知其中奥秘，欣然接受。

---

　　①《西北新闻日报》记载1932年5月兰州物价为：大米一斗十五·五元，小麦一斗九元，白面一百斤十一元，猪肉一斤〇·八元，羊肉一斤〇·七元，牛肉一斤〇·五元。

马实斋转手净赚一百八十元大洋欣然离去，张寿亭则急忙给他在北平的一位古玩界朋友朱柏华写信告知他的新发现，并约朱来兰同探究竟。[①] 朱柏华久居北平，见多识广，他收到信后，凭借多年浸淫古玩行业的敏感，觉得这是一批珍宝。这年秋天，朱柏华专程赶往兰州，亲自探宝鉴宝。当时甘肃境内并未通火车，朱柏华不辞辛苦一路颠簸，这宝物对他的吸引可见一斑。[②]

朱柏华不顾风尘仆仆，一见到张寿亭就提出要先看宝贝，一睹为快。他亲手把玩器物，心中震撼，他推测这些物件是王莽新朝时期规范重量的衡器。王莽新朝虽短，但其度量衡制度却成为后世典范。新莽权衡极为罕见，从古至今没有一件实物传世，眼前这权衡若是真的，那可真是无价之宝了！

原来，王莽新朝度量衡器的制作、颁布是中国度量衡史上一件划时代的事。秦朝统一全国度量衡，而秦朝统治只维持了15年。公元前202年，刘邦即位，立国号为"汉"。刘邦令萧何定律令，韩信定军法，张苍定历法及度量衡程式，叔孙通定礼仪，汉朝制度很快建立起来，史称"汉承秦制"。汉制虽比秦制有所发展，但本质上仍是秦制的延续，这一点在度量衡制度上反映得十分明显。西汉后期，土地兼并日益加剧，农民起义不断，公元8年，汉朝外戚王莽经过多年苦心经营，登上皇帝宝座，次年

---

① 当时兰州至北平的民用电报、电话尚未开通。1932年甘肃开通民用电报，1934年才开通长途民用电话。

② 甘肃省内第一条铁路是1945年才竣工的陇海铁路陕西宝鸡至甘肃天水段。兰州通火车要到1953年陇海铁路天水至兰州段竣工。

改国号为"新"，建元"始建国"，史称"新莽"。王莽称帝后进行了多项改革，如改革官制、币制，限制土地私有，禁止奴隶买卖。这一系列改制法令中的许多都以失败告终，但是王莽的度量衡改制却取得了巨大成功，给后代留下了深刻的影响。

王莽提出全面复周礼，度量衡也要依《周礼》统一规制。实际上周制已无所据，新莽改制是在秦汉制度基础上进一步完备和发展。新莽度量衡改制体现出两个方面的优势：一是对既有理论加以整理，使其制度齐全，理论总结的成果就是后世历代引为经典的《汉书·律历志》；二是从实践上予以开拓创新，制造一批标准度量衡器，颁行全国。新朝开创了一套空前完备的制度，理论与实际相互印证，成为以后历代王朝修订度量衡制度的主要理论依据。同时，西汉末年科技水平发展迅速，新莽度量衡标准器把度（长度）、量（容积）、衡（质量）三个物理量构筑成为一个完整统一的系统，体现了高度发达的科技水平和精湛的工艺，成为中国度量衡史上最为重要的典范。

朱柏华远道而来，没法子携带太多钱财，于是和张寿亭商议先挑两样带回北平看看行情，若有市场，再购买其余铜器。朱柏华付现洋一百四十元，挑选了一根完整的铜衡杆和一个大小居中、刻有"律九斤"的铜环。他本想先挑那最大的铜环（因铭文最多，最有研究价值），但无奈最大铜环重约六十斤，不便带走。张寿亭觉得这交易很是划算，两样东西出手已回来大半本钱，何况他手里还有六件呢！

北平尊古斋

朱柏华得了两件宝物，马不停蹄赶回北平。他一路摩挲着铜权，甫一到北平就去了琉璃厂西街尊古斋，寻找一名"犯人"。

尊古斋在北平古玩界说得上是头牌名号。清光绪二年（1876年），湖北江夏人黄兴甫进京赶考，怎料名落孙山，他不愿回乡，就在琉璃厂附近开了私塾馆。由于长期与琉璃厂古董商打交道，黄兴甫对经营古玩渐生兴趣。光绪二十三年（1897年），他在琉璃厂开设了尊古斋古玩铺。他膝下无子，便抚养了侄儿黄浚。

黄浚（1880—1952），字伯川，十多岁随叔父黄兴甫到京城，入京师同文馆就读，并以优异成绩毕业。他通晓多国语言，在德国洋行做译员，同时在尊古斋帮忙，日积月累不少古玩鉴定经验。宣统二年（1910年），黄浚接替叔父成为尊古斋掌门人，他聪颖过人、博学多闻又胆大心细、临机果断，经手的古玩器具品类繁多，其中精品不计其数，尊古斋在他手里有了巨大发展，一跃成为琉璃厂古玩铺翘楚，黄浚本人也在同行之中声名鹊起，前清遗老、达官显贵、学者士子如端方、罗振玉、溥心畬、马衡等人都是他店里常客。黄浚不仅是大古董商，还是研究商周、秦汉青铜器的专家，他曾在《邺中片羽》中首次著录河南安阳殷墟出土的铜玺，将我国古代印章起源从此前认定的春秋时期前推了六七百年。1928年东陵盗案事发，黄浚因涉嫌倒卖东陵文物被捕入狱，他托人向时任河北省主席商震说情，才被释放出来。朱柏华找的这名"犯人"，正是当时刚被释放不久的黄浚。

黄浚捧着一杆一环，内心狂喜。他认定这就是《汉书》《晋书》《隋书》中提及的王莽时期衡器。这一时期的权衡历史上仅有两次出土记录，但尚无一件实物传世，没想到竟在此目睹了正主。

经他探究，衡杆有铭文的一面是正面，正中顶部突出部件为鼻钮，用以提起衡杆，两端底部为悬钮（一端缺失，另一端尚在），用以悬挂铜权和称量物。衡杆长64.74厘米，宽1.6厘米，高3.3厘米，重2442克。中部刻铭文，篆体，铭二十行，每行四字，唯第十三行五字，共八十一字，铭文为："黄帝初祖，德币于虞。虞帝始祖，德币于新。岁在大梁，龙集戊辰。戊辰直定，天命有人。据土德受，正号即真。改正建丑，长寿隆崇。同律度量衡，稽当前人。龙在己巳，岁次实沈。初班天下，万国永遵。子子孙孙，亨传亿年。"这是新莽始建国元年（公元9年）统一全国度量衡的诏书。

那枚环权，外径10.42厘米，内径3.34厘米，高6.5厘米，重2222.8克。环权外侧刻四行铭文，其中一行为"律九斤，始建国元年正月癸酉朔日制"，这枚环权正是王莽时期重九斤的标准权，其余铭文记载的是制作时间。

黄浚注意到衡杆上的"德币于新",《隋书》记载为"德币于辛",如此看是《隋书》将"新"误记作"辛"(《晋书》"有辛氏造"也应为"有新氏造");"龙集戊辰,戊辰直定",《隋书》记载为"龙集戊辰,直定",脱漏"戊辰"两字,因此《隋书》称八十一字而实录七十九字,原因即在此。实物的面世印证了史书,也纠正了史书上的疏漏。黄浚因此断定这是新莽权衡正品无误,开出五千一百元大洋的价格收购了这两件宝物,并要朱柏华将其余六件一并收来。

黄浚爱好金石成癖,自20世纪20年代起,他便将自己经手的珍贵文物做影像留存,用当时流行的珂罗版法来照相、修版、晒版、印刷;文物铭文做拓片;印玺则采用原印钤盖。这项工作系统整理、保存了大量珍贵文物资料,为后世研究提供了便利。新莽权衡便是在这一时期被黄浚记录在册,1936年,他出版了《尊古斋所见吉金图初集》一书,新莽权衡的实物照片和铭文拓片便被收录在该书卷三中。[1]

黄浚深知新莽权衡的价值。新莽当朝的律历学家刘歆,迎合王莽政治的需要,征集了学识渊博,通晓天文、算学、乐律学的百余名学者,考证前代制度,完成了中国历史上规模最大的一次度量衡制度改革。改革成果经过总结、归纳,分别整理成审度、嘉量、权衡各篇专论,集大成为《汉书·律历志》。《汉书·律历志》首次明确规定,度量衡以黄钟为标准,假以累黍直接定出尺

---

① 黄浚:《尊古斋所见吉金图初集》,台北:台联国风出版社,1976年10月。

新莽衡杆实物，珂罗版复制法照相。图选自《尊古斋所见吉金图初集》

新莽铭文。图选自《尊古斋所见吉金图初集》

023

新莽衡九斤权。图选自《尊古斋所见吉金图初集》

新莽九斤权铭文。图选自《尊古斋所见古金图初集》

度、容量和权衡的量值，明确了度、量、衡的各级单位名称、进位关系，成为我国古代度量衡史上最完整、最系统、最有权威的著作。此后 2000 年，直至清代，历朝凡言及度量衡者，无不追溯《汉书·律历志》。

《汉书·律历志》审度云：

> 度者，分、寸、尺、丈、引也，所以度长短也。本起黄钟之长，以子谷秬黍中者，一黍之广，度之九十分，黄钟之长。一为一分，十分为寸，十寸为尺，十尺为丈，十丈为引，而五度审矣。其法用铜，高一寸，广二寸，长一丈，而分、寸、尺、丈存焉。用竹为引，高一分，广六分，长十丈。……职在内官，廷尉掌之。

《汉书·律历志》首次明确规定了长度的五个单位：分、寸、尺、丈、引。以黄钟定长度之标准，并且佐以累黍之法与律管相互校正；选取中等大小之黍，横向排列 90 粒与黄钟律管相合，100 粒为一尺之数。各级单位均以十进位，从而可推至丈、引，以保证五个长度单位量值准确一致。

《汉书·律历志》嘉量云：

> 量者，龠、合、升、斗、斛也，所以量多少也。本起于黄钟之龠，用度数审其容，以子谷秬黍中者，千有二百实其龠，以井水准其概。合龠为合，十合为升，十升为斗，十斗

为斛，而五量嘉矣。其法用铜，方尺而圜其外，旁有庣焉。其上为斛，其下为斗。左耳为升，右耳为合、龠……其重二钧。……职在太仓，大司农掌之。

《汉书·律历志》规定容量的五个单位：龠、合、升、斗、斛，二龠为一合，十合为一升，十升为一斗，十斗为一斛。以黄钟、累黍定一龠的容量，即以九寸长的黄钟律管，管内所容1200粒中等大小黍粒这个实体，定出一龠的容积。以龠为基本单位，推而得知合、升、斗、斛四量。《汉书·律历志》提出"用度数审其容"，明确了容量是长度的导出单位，只要严格规定标准器各部位的尺寸，就可以准确地计算出各器的容积。

《汉书·律历志》权衡云：

衡权者：衡，平也；权，重也。衡所以任权而均物平轻重也。

又云：

权者，铢、两、斤、钧、石也，所以称物平施，知轻重也。本起于黄钟之重，一龠容千二百黍，重十二铢，两之为两，二十四铢为两，十六两为斤，三十斤为钧，四钧为石。……五权之制，以义立之，以物钧之，其余小大之差，以轻重为宜。圜而环之，令之肉倍好者。

再云：

> 权与物钧而生衡，衡运生规，规圜生矩，矩方生绳，绳直生准，准正则平衡而钧权矣。……职在大行，鸿胪掌之。

《汉书·律历志》首先将权衡的称谓作了说明，即"衡者，平也；权者，重也"。衡必须用权与物之均衡来平轻重，即权与物相等量而得到衡之平。权衡的主要单位也是五个：铢、两、斤、钧、石。战国时由于金银器已普遍使用，因此常见铢、两这样的小单位。又出于征收粮草的需要，"石"这一最大的单位也常有所见，而《汉书·律历志》中的五权之制，则使其制度更健全。

《汉书·律历志》的审度、嘉量、权衡各篇系统全面地将度量衡单位规范、标准器的形制以及如何求证度、量、衡三者的单位量值等都表述清楚，具有高度理论性与实际指导性，被此后各朝代视为典范，永为传颂。

杨慕时先生

　　定西巉口称钩驿出土的新莽权衡在北京卖出了天价，消息传到兰州，引起了轰动。张寿亭手里剩下的六件登时就成了香饽饽，来打听询价的人一时络绎不绝，不过他一律不答应出售，而是等着更高的开价。但一饮一啄，莫非前定，新莽权衡最后并未以他预想的高价出手，而这又牵扯到了另一位人物。

　　1929 年，甘肃矿师养成所所长张人鉴对玉门石油进行调查，取样化验结果显示玉门油田油质很好，极具开采价值。上报给甘肃省建设厅后，时任厅长杨慕时计划在 1930 年春钻探开采。几名外国商人听闻此事，来到兰州与杨慕时商议由他们出资主导油田开采，并许诺给杨股份，杨慕时考虑到油田是国家资源，绝不能私自出卖，断然拒绝这个提议。这几人计划不成，又盯上了刚刚传开的新莽权衡，想以高价买走。杨慕时得知此事，果断出手，拿出家中积蓄，派省会公安局局长高振邦到张寿亭家中，不由分说抬着八百元银洋进去、六件铜器出来，强行"买"走了剩余全部王莽权衡。①

关于此事，傅振伦《甘肃定西出土的新莽权衡》一文说：

> （权衡）一九二九年又为古玩商张寿亭所得。北平古玩
> 商朱柏华得到消息，当即赶到兰州，出银一百四十元抢购了
> 铜衡和律九斤铜权。其余六件因铭文模糊仍留兰州，无人问
> 津，不久才由甘肃省政府建设厅（一说财政厅）厅长杨慕时
> 劫留。一说杨某命省会警务处长高振邦派警追出，出洋八百
> 元据为己有。此后，杨某随军东行，不便携带，不得已才交
> 存兰州民众教育馆。②

《甘肃省志·计量志》记录如下：

> 民国十八年，陕甘大旱，秦家迫于生活，秦让用手推车

---

① 关于杨慕时任建设厅厅长为何有权指挥公安局局长执行任务，根据冯勇
《杨慕时与莽权传奇》分析，原因在于当时蒋阎冯中原大战，1929 年冯玉祥调令甘
肃省主席刘郁芬为护党救国军西北五路总指挥兼陕西省政府主席，6 月刘郁芬离甘
赴陕前明令"所有省政府一切事宜，交由杨慕时与吴瀛璋代拆代行"。8 月冯玉祥部
下孙连仲接任甘肃省主席，仍将甘肃省政府事务交由杨慕时与吴瀛璋临时代理。杨
慕时有协调省民政厅事务的职权。同时，杨慕时与高振邦是河北盐山同乡，他在西
北军中资历高于高振邦，高很尊敬杨。因此，杨派高处理收购文物这种"小事"自
是不在话下。又据《兰州市志·公安志》中《民国时期省会兰州警察机构主官更迭表》
记载，高振邦的任期为 1928 年（民国十七年）4 月至 1931 年（民国二十年）12 月。
② 中国历史博物馆馆刊编委会编：《中国历史博物馆馆刊》1979 年第 1 期，
北京：文物出版社，1979 年，第 90 页。

将这批文物推至兰州出售，兰州古董店马实斋按碎铜价格以 60 元大洋收购，后不多久转手以 240 元大洋卖给古董商张寿亭。同年秋，北京古玩店朱柏华得悉后，专程赶来兰州，以现洋 140 元买去铜衡杆和九斤权，其余六件由国民党甘肃省建设厅长杨慕时出洋 800 元据为己有。此后，杨随军东行，携带不便，交兰州民众教育馆。①

杨慕时（1889—1945），字斌甫，河北盐山人，毕业于直隶高等商业学堂。他年轻时在学业上勤勉刻苦，思想上追求进步，与李大钊等进步人士有过往来。辛亥革命时期参加同盟会活动，民国初年进入冯玉祥部队，受到冯的赏识，成为其重要幕僚。冯玉祥西北军统治甘肃时期，他自 1925 年起到甘肃先后任省政府委员、财政厅厅长、民政厅厅长、建设厅厅长等职。当时甘肃天灾连年，战火频频，他大力赈灾抗灾，厘定税制，严惩地方污吏。时值国共合作，杨慕时与共产党人真诚合作，宣侠父（中国共产党早期优秀革命家）在甘肃工作时，杨便与他相互支持，关系融洽。他出任甘肃民众运动讲习所所长、甘肃妇女放足处处长，参与筹备兰州中山大学（今兰州大学）建校工作，为甘肃文化教育、妇女解放事业做出贡献。他亲自探查甘肃矿藏、农林水利情况，制定开发西北建设方案；倡导植树造林，在兰州城南创

---

① 甘肃省地方志编纂委员会编纂：《甘肃省志·计量志》，兰州：甘肃人民出版社，1990 年，第 44—45 页。

王圆箓在敦煌莫高窟。国家一级美术师李明强 1979 年赴敦煌为舞剧《丝路花雨》创作采风时绘制

伯希和在莫高窟藏经洞盗宝。国家一级美术师李明强 1979 年赴敦煌为舞剧《丝路花雨》创作采风时绘制

建了甘肃第一座现代公园——中山林。

　　杨慕时来到甘肃时，了解到敦煌宝物流失的历史，令他十分痛惜。清光绪二十六年（1900 年），道士王圆箓无意中发现敦煌石窟第 16 窟影室（即现在人们所说敦煌石窟第 17 窟"藏经洞"）中藏有大量古代文书和佛像。这个消息走漏后的二十多年间，1907 年，匈牙利籍英国人斯坦因最先来到敦煌，利用欺骗、买通的手段，从王道士手中盗走大量文书，共有写本卷子 8082 卷，木版印刷 20 卷，其中佛教著作 6790 卷，另有绘绣佛像精品等；1908 年，法国人伯希和赶来敦煌，盗走古书、佛教变文和极有价值的写本、画卷 6000 多卷，还有 200 多幅唐代绘画，幡幢、织物、木器、木质活字印刷字模和其他法器；1911 年，日本人橘瑞超和吉小川一郎借口摄影和调查，盗走文书约 600 卷；1914 年，斯坦因再次来到敦煌，盗走写本文书 5 箱，他两次共掠走文书 10000 多件，包括汉文写本书 7000 卷，印本书 20 余卷，回鹘文、古突厥文等二三百卷；1914—1915 年间，俄国人奥登堡盗走文物 2000 件以上；1924 年，美国人华尔纳盗走莫高窟壁画 26 块和诸多唐代塑像等。[①] 近代中国敦煌文书遗失是民族痛史，引发无数爱国人士无限惋惜。殷鉴不远，在夏后之世；敦煌不远，在陇右之地！杨慕时痛恨外国人来甘肃私自收购文物，在缺乏文物保护法令，官民文物保护意识淡薄之时，他有意识地培养保护

---

① 甘肃省档案馆编：《晚清以来甘肃印象》，兰州：敦煌文艺出版社，2008年，第 115—172 页。

地方文物的敏感性。即使他不像北平的黄浚那般真切地了解这些文物的历史价值，当他得知这些外国人有意收购莽权时，他迅速将张寿亭手上剩余的权衡全部购回。至于张寿亭，虽是断了发一笔巨财的梦，但相比投入的成本，仍算得上获利颇丰。

在杨慕时的保管保护下，兰州和国内精于文物鉴定者共同研究，终于认定这批铜器就是王莽时期的度量衡标准器，是重要的国宝级文物。1930年4月，杨慕时赴陕西任西安市市长（并不是"随军东行"），临行前，他将这批珍贵文物无偿捐赠给甘肃省立教育馆（后改名甘肃省立民众教育馆）。他在西安履职期间，仍一如既往地保护着文物古迹。

陈列

1930 年 4 月—1932 年 6 月

　　铜钩，新莽时期衡器部件。钩宽及厚均为1.65厘米，外缘长26.2厘米，内缘长19.5厘米；钩上端有孔，外径4.5厘米，内径1.55厘米。从新莽衡器形制推测，铜钩固定在衡杆一端下缘用以吊挂称量物。

权衡真容

　　杨慕时将六件权衡交甘肃省立教育馆陈列展览，经文物鉴赏者、教育馆工作人员共同考订，终于明白了这些器物的功能构造、器型含义，测量出了具体数据。[①]

　　称钩驿出土的铜器共八件，分为"丈""权""衡""钩"四种器型，其中"丈"是量器，用于测量长度；"权""衡""钩"是衡器，用于计量重量。

　　出土时折成两段，实际为一根的铜条就是"丈"。起初一些学者误认为这是铜衡的支柱，后来经考证，是度标准器。据此，这批出土器物应该叫新莽度器和衡器，但后世习惯称为新莽权衡或王莽权衡。

　　《汉书·律历志》引刘歆《三统律谱》有关"丈"的叙述："其法用铜，高一寸，广二寸，长一丈，而分、寸、尺、丈存焉。"

---

　　① 对这些铜器的功能、铭文和各部位数据的测量，并非由当时兰州的文物鉴赏者和教育馆工作人员最终完成。权衡面世后，国内许多学者都进行了研究。最早做全面科学测量的，是后文将提到的刘复（刘半农）。本书为行文方便，在此集中陈述权衡的研究成果，后文不再赘述权衡细节。

铜丈上半截微曲，长132.4厘米，宽4.7厘米，厚2.4厘米；下半截长96.8厘米，宽厚与上半截相同。全长229.2厘米，重21.8公斤。丈刻有铭文二行，内容与莽衡上的铭文完全一致。因断为两截，故缺少十字，只余七十一字。出土的新莽铜丈尺寸大体符合史书记载的尺寸，高、厚正合，唯长度不及，若非断裂，应该一致。

新莽权衡之"衡"：状如横梁，中部有钮，一端悬"权"，一端挂"钩"，三者合一，用于称物。可见称重之标准器的形制应该是等臂天平。《汉书·律历志》"其道如底，以见准之正，绳之直""绳直生准，准正则平衡而钩权矣"，表明当时在衡杆上已有"准"这一装置，即后来天平衡杆中央所附设的准星。新莽衡看不到准星，其形制与战国楚铜衡杆相近。目前出土的战国楚铜衡杆正面中部有尖端向下的小角，平分刻线，这应是"准"的最初形式。

新莽权衡之"钩"：钩宽及厚皆为1.65厘米，外缘长26.2厘米，内缘长19.5厘米，钩上端圆形有孔，外径4.5厘米，内径1.55厘米。钩用于悬在衡一端的下缘，现有的钩大而衡小，不太相称，似乎不是一组权衡的构件。

新莽权衡之"权"：自三斤、六斤、九斤、六十斤至一百二十斤不等（新莽时期每斤折合今250克左右），除石权有新莽诏八十一字外，其余四权各有铭文四行，共九十五字（从五个权现有的铭文可以推断出缺失的铭文）。

最重的铜权：外径28.05厘米，内径9.6厘米，高8.2厘米，

［战国·楚］王铜衡杆（正、背面）。图选自《中国古代度量衡图集》

重 29950 克。外侧刻"律权石，重四钧"和新莽诏书八十一字。从此铭文和史书对照换算可知，一石为四钧，一钧为三十斤，此权新莽时重一百二十斤。

第二重的二钧权：外径 21.55 厘米，内径 7.45 厘米，高 7.6 厘米，重 14774.5 克。铭文"律二口，始建国元年正月癸酉朔日制"。二钧为半石，该权重量恰是一石权的一半，通过对照史书记载，铭文所缺字应为"钧"字，此权新莽时重六十斤。"正月癸酉朔日"即王莽将新朝初始元年十二月改为始建国元年正月，正月初一为癸酉日，月相朔日。

第三重的九斤权前文已述。

第四重的六斤权：外径 8.94 厘米，内径 2.96 厘米，高 4.13 厘米，重 1446.1 克。铭文仅"律六斤"三字隐约可辨认，其余铭文应为"始建国元年正月癸酉朔日制"。

最轻的三斤权：外径 7.7 厘米，内径 2.22 厘米，高 2.83 厘米，重 730.1 克。铭文仅"三斤""酉""日制"等字可辨认，其余字模糊。这枚权的铭文全文应为"律三斤，始建国元年正月癸酉朔日制"。

关于新莽权衡的铭文。权衡八十一字铭文是新莽始建国元年（公元 9 年）诏书，考释如下：

黄帝初祖，德帀于虞。虞帝始祖，德帀于新。

这是王莽自述祖先的世系。他以黄帝为初祖，以虞帝舜为始祖。据史书记载，黄帝的后代舜居于妫水流域，以妫为姓。公元前1046年，周武王分封舜的后代妫满建立陈国，定都宛丘（今河南省周口市淮阳区一带），自此妫姓改为封地陈姓。妫满的后代陈完因陈国内乱逃到齐国，改姓田。公元前386年，田完的后代田和受周安王册命成为齐侯，田氏取代吕氏姜齐，得到齐侯的合法地位，史称"田氏代齐"。公元前221年，齐国被秦军攻灭，齐国王室子弟大多改姓陈，少部分改姓王，王莽的姓氏就来自这部分王姓。王莽上溯他的先祖，认祖归宗陈姓，将虞帝奉为始祖。《汉书·王莽传》："（莽）御王冠，谒太后，还坐未央宫前殿，下书曰：'予以不德，托于皇初祖考黄帝之后，皇始祖考虞帝之苗裔。'"王莽称帝，立黄帝、虞帝等五祖庙，追尊陈完为齐敬王，庙号世祖。王莽跟祖先"田氏代齐"一样，上演了一场"王氏代刘"，新朝取代了汉朝。

币，同匝，周而复始之意。古代以五行相生相克附会王朝命运，认为黄帝有土德之瑞，舜也为土德。西汉原本奉土德，王莽改为火德，火生土，王莽的新朝也就同他的先祖一样"德币土德"。

岁在大梁，龙集戊辰。

这是记载年份。东周至汉朝使用岁星纪年法。从天文的角度出发，古人为了观测日月、五星的运行，将黄道附近的一周天自西向东划分为十二等分，称十二星次。古称木星为岁星，岁星十二年绕天一周，每年行经一个星次，为岁星年。

"岁在大梁"是天文纪年用语。"岁"即木星，"大梁"是十二星次之一。《晋书·天文志》："自胃七度至毕十一度为大梁。"二十八星宿分布于十二星次中，大梁包含一部分胃宿、全部昴宿和一部分毕宿。大梁大致对应西方黄道十二宫的金牛宫。

星次、星宿和黄道名称对应表

十二星次	二十八星宿	黄道十二宫
星纪	斗、牛、女	摩羯宫
玄枵	女、虚、危	宝瓶宫
娵訾	危、室、壁、奎	双鱼宫
降娄	奎、娄、胃	白羊宫
大梁	胃、昴、毕	金牛宫
实沈	毕、觜、参、井	双子宫
鹑首	井、鬼、柳	巨蟹宫
鹑火	柳、星、张	狮子宫
鹑尾	张、翼、轸	室女宫
寿星	轸、角、亢、氐	天秤宫
大火	氐、房、心、尾	天蝎宫
析木	尾、箕、斗	人马宫

古人发现，岁星绕天一周实际上为 11.86 年，以此纪年并不准确，于是从历法的角度发明了"太岁纪年法"。除十二星次之外，将黄道等分为十二辰（以十二地支称呼），它的计量方向与岁星相反，为自东向西。古人设想有个天体如同木星，它的运行速度也是十二年一周天，这个假想的天体被称为太岁（也称苍龙、

龙星）。太岁每年行经十二辰中的一辰，为太岁年[1]。

"龙集戊辰"的"龙集"是历法纪年用语，"龙"是苍龙、龙星，即太岁；"集"是行经、经过。太岁此时行经戊辰。"戊辰"即"著雍执徐"，天干中"戊"对应岁阳"著雍"，十二辰中"辰"对应太岁年"执徐"。

太岁年名、太岁所在、岁星所在对应表

太岁年名	太岁所在	岁星所在
摄提格	寅（析木）	星纪（丑）
单阏	卯（大火）	玄枵（子）
执徐	辰（寿星）	娵訾（亥）
大荒落	巳（鹑尾）	降娄（戌）
敦牂	午（鹑火）	大梁（酉）
协洽	未（鹑首）	实沈（申）
涒滩	申（实沈）	鹑首（未）
作噩	酉（大梁）	鹑火（午）
阉茂	戌（降娄）	鹑尾（巳）
大渊献	亥（娵訾）	寿星（辰）
困敦	子（玄枵）	大火（卯）
赤奋若	丑（星纪）	析木（寅）

综上，权衡铭文表明当年为汉居摄三年，初始元年，公元8

---

[1] 太岁年依次命名为摄提格、单阏、执徐、大荒落、敦牂、协洽、涒滩、作噩、阉茂、大渊献、困敦、赤奋若，对应十二地支。古人又以阏逢、旃蒙、柔兆、强圉、著雍、屠维、上章、重光、玄黓、昭阳——统称岁阳——对应十天干。岁阳和太岁年相结合，成为六十个年名，即六十甲子。

年。这一年木星行经大梁；以太岁纪年法，太岁星行经戊辰。

戊辰直定。

即戊辰日。《汉书·王莽传》："（莽）下书曰：'……以戊辰直定，御王冠，即真天子位，定有天下之号曰"新"。'"居摄三年十一月一日为甲辰日，月相为朔日。十一月廿一日为甲子日，王莽改元初始。十一月廿五日为戊辰日，王莽御王冠，即天子位。

天命有民，据土德受，正号即真。

王莽以为，上天赐予他拥有天下兆民。《汉书·王莽传》："（莽）下书曰：'……皇天上帝隆显大佑，成命统序，符契图文，金匮策书，神明诏告，属予以天下兆民。'"

"据土德受"意为据有黄帝、虞帝所传授的土德。汉朝初年，刘邦根据五德终始说，定正朔为水德；汉武帝时，改正朔为土德；王莽建立新朝，采用刘向、刘歆父子的说法，认为汉属于火德；汉光武帝光复汉室之后，承认王莽说法，确立东汉正朔为火德。此后东汉以及后世史书皆称汉代为"炎汉"。王莽改正朔、易服色、变牺牲、殊徽帜、异器制，以黄帝、虞帝的土德代替了汉代的火德，服色配德尚黄，使节旄幡皆为纯黄。

"正号即真"，此前王莽摄政，现居真天子之位。

改正建丑，长寿隆崇。

"建丑"是以夏历十二月（丑月）定位每年岁首的历法，即将新朝初始元年十二月改为始建国元年正月，国家此后长寿隆崇。

同律度量衡，稽当前人。

"同律度量衡"出自《尚书·虞书·舜典》，意为统一了律、度、量、衡。稽为稽考、稽查。当，合乎。考查合乎先人虞帝的做法。传说舜帝东巡狩时，在各部落间统一历法，统一音高标准和统一度量衡。"律"是审定乐音高低标准的竹管，因竹管发十二律中的黄钟音，故也叫黄钟。

今天，人们通常以拉丁字表示音乐上一个八度内的十二个半音，分别写为 C，$^{\sharp}$C，D，$^{\sharp}$D，E，F，$^{\sharp}$F，G，$^{\sharp}$G，A，$^{\sharp}$A，B。在古代中国，这十二个半音称为"十二律"：黄钟、大吕、太簇、夹钟、姑洗、仲吕、蕤宾、林钟、夷则、南吕、无射、应钟。古代中国人建立以数学的方法研究振动体长度与其音高规律的科学，此为"律学"。黄钟是十二律的首律，在十二律中发音的高度最低，振动体（弦线或管）最长。在十二律中取出五律或七律，组成五声音阶或七声音阶，称之为"五声"或"七声"。五声分别为宫、商、角、徵、羽；七声是在五声之外再加两个变声"变徵"和"变宫"。在中国文化史上，特别强调起始音黄钟宫。认为其代表着皇宫和中央。

"同律度量衡"，涉及古代乐律、计量、算学、天文，是以黄钟乐律为理论基础，以律管为实物根据，参校累黍来加以验证，形成的中国度量衡传统之正法，是我国古代文明的结晶，值得深入研究。

古代度量衡的标准来源分为两大类：第一类取自然物和自然现象，如人体、谷物、乐律等；第二类取人造物，如圭璧、货币等。

人类最初对长度的测量，是借助于人体自身器官来实现，如手、指、腕、足以及人体自然身高，这几乎是世界各地人类普遍采用的方法。早期的尺、寸、丈等单位以人体各个部位为依据而建立。从人体构成来看，大致人的一指宽为一寸；十寸相当于伸出的大拇指和食指之间距离，为一拃，一拃即一尺；而十尺相当于人的身高，即一丈。

除以人体为标准之外，古代还常见以自然物当作长度、重量的定义标准。《淮南子·天文训》中就有"十二粟而当一粟，十二粟而当一寸""十二粟而当一分，十二分而当一铢"，高诱注"一黍之广，一为一分。一龠容千二百黍，重十二铢，两之为两"等。粟为禾穗粟孚甲之芒。粟，即今俗称之小米，这里着重说说黍：

黍，又称"糜子"，果粒略呈椭圆形，平滑而有光泽，是一种古老的粮食作物，广布欧亚大陆，我国在四千多年前已有栽培。黍具有高度抗旱性，在我国西北、华北各省作物栽培历史中占有重要地位。但由于黍的产量低，现在全国各地已少有种植了。

黄钟、累黍与度量衡的关系如下：[1]

凡音乐演奏，必先定调；要定调，必先确立起始音黄钟宫的高低。为此，古代人创制了两种音高标准器：一为"律管"，管式音高标准器；一为"弦准"，弦式音高标准器。由于"弦准"易受空气潮湿影响，改变张力，进而改变音调，因此人们往往以黄钟宫音律管来调定弦线音高。

律管为一端吹口的开口管，中间无音孔。为了确定黄钟宫音管不变，古人建立了律管的标准，规定了管长、口径和内周长。在口径一致条件下，律管越长、声波越长，频率振动越慢，音调也越低。也就是说，在口径不变的条件下能吹出黄钟律的律管，其管长是一致的，管内的容积也是一定的。

确定律管发音的高低，不仅要确定管长，而且还要精确确定管的横截面和容积，这就决定了古代乐律学与度量衡的密切关系。历代律学的发展常常涉及度量衡制度，而研究度量衡的变迁又以历代律学标准为佐证。因此，班固修《汉书》时，将《史记·八书》中的"律""历"二书合为一卷，称《律历志》，把度量衡的内容也归纳进去。

反映新莽度量衡制度的《汉书·律历志》，创造性地把乐律与度量衡的关系具体化了。《律历志》开篇便说："《虞书》曰'乃同律度量衡'，所以齐远近，立民信也。"又说："夫推历生律制器，

---

① 邱光明、邱隆、杨平：《中国科学技术史·度量衡卷》，北京：科学出版社，2001年，第41—45页。

规圜矩方，权重衡平，准绳嘉量，探赜索隐，钩深致远，莫不用焉。"

要想把度、量、衡三个量的实体寓意于无形的声和数中是困难的，而王莽朝代的刘歆等人用累黍的方法把律管的长度、管径记录固定下来，并且分度、量、衡三个量相互参校，这种以抽象的理论与具体的实体相结合来参定度量衡标准的做法是新朝在度量衡史上一项重大的创造发明。

《汉书·律历志》以累黍为中介，把黄钟律管与度量衡三个标准量相互联系起来。其数据是：黄钟管长九寸，这是90粒黍横向排列的长度，即一粒黍为一分，100粒合汉之一尺。律管容积为810立方分，与积黍之数相对应则容1200黍，合汉时一龠，1200黍之重又合12铢。汉以后历代求古律、古度量衡都首先以此验证。

用黄钟校度量衡，又被汉儒扩大到解释、维护皇权，故弄玄虚地说："黄钟子为天正。"《汉书·律历志》："阴阳合德，气钟于子，化生万物者也。"这就使对黄钟和度量衡的阐述带上了神秘色彩。把科学划入阴阳五行和三统说范畴，是那个时代的特点，也是汉儒的政治需要，从而掩盖了以黄钟音高定长度，并用以校正度量衡的科学本质。

用黄钟律管参以累黍考校度量衡，自《汉书·律历志》成其说，历代奉之为圭臬，尊之为正法，在中国度量衡史上影响极其深远。然而它本身有一定的局限性，两千多年来，由于历代所用之黍，受品种变异、收成丰歉、籽粒实秕等因素的影响，以致长度、容量和重量三者相互抵牾，于是各家便按照各自的理解去做实验。关于粟、黍是否曾实际用作度量衡标准，现代人也做过科学校验：取中等大小的黍 100 粒，横向排列约长 23 厘米，1200 粒约重 7.4 克，与汉代一尺之长和十二铢之重基本相符。而大粟 100 粒长约 15 厘米，1200 粒重约 3.5 克，与汉制差之甚远。度量衡的量值随时代而变异，古籍所载以自然物定标准者，少有明确其时代者，故难以一一验证，唯《汉书·律历志》以累黍定尺的做法与汉制基本保持一致，在当时应该是经过反复校验的，并且一经确定，便成为制度化的、全国统一的量值标准。

刘歆在公元一世纪初用黄钟律管参以累黍之法与度量衡三个量联系起来，用有形之物定无形之声和数，这种设计思想不仅具有可行性，并且获得了很高的成就，在世界度量衡史上独树一帜。

　　　龙在己巳，岁次实沈。

这也是用两种纪年法说明同一个年份。《晋书·天文志》："自毕十二度至东井十五度为实沈。"六十甲子戊辰后为己巳，十二星次大梁后为实沈。这一年为始建国元年，公元 9 年，也即上文"岁在大梁，龙集戊辰"的次年。

　　　初班天下，万国永遵。子子孙孙，亨传亿年。

本年初以此套度量衡标准器颁布全国各地，子子孙孙，亨传

新莽嘉量铭文拓片。图选自《中国古代度量衡图集》

中国国家博物馆藏新莽铜量。图选自《中国古代度量衡图集》

中国国家博物馆藏新莽铜量的铭文。图选自《中国古代度量衡图集》

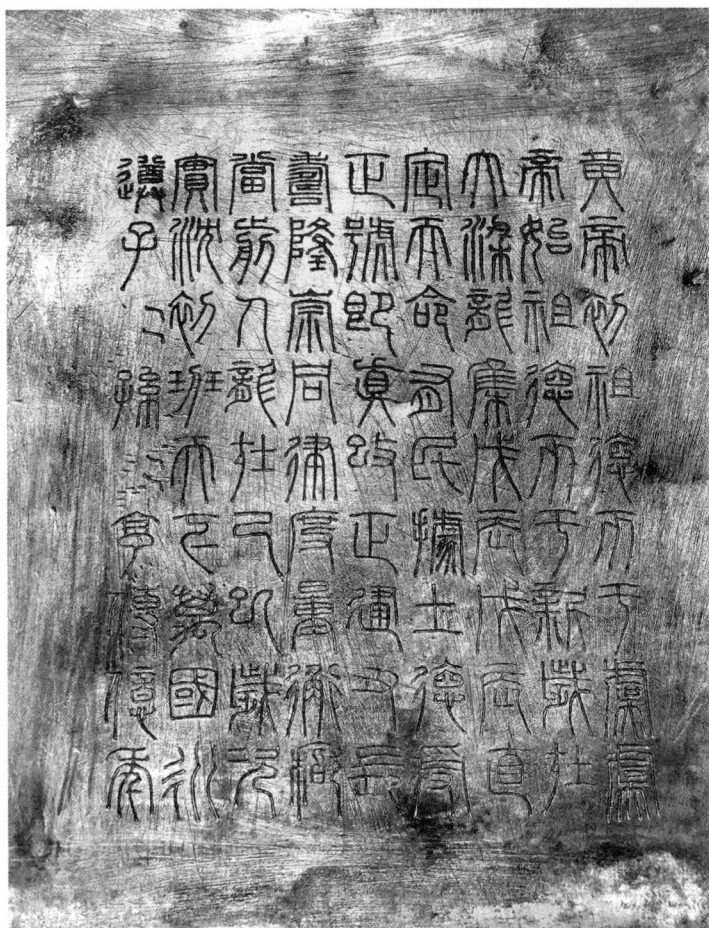

1982 年甘肃省庆阳市合水县出土新莽铜诏版。陈晓斌 2023 年 6 月摄

后世。这里的"亨"即"享",古代二字通用。

王莽颁布全国的度量衡器统一刻有以上铭文。现藏于台北故宫博物院的新莽嘉量,中国国家博物馆征集的新莽铜量(清末出土于河南省孟津县),甘肃省庆阳市出土文物新莽铜诏版(1982年合水县出土)都清晰地刻着这些铭文。

关于新莽权衡的重量单位。出土的新莽铜权可见有石、钧、斤三种,《汉书·律历志》记载:"权者,铢、两、斤、钧、石也。"这些计量单位都是如何而来呢?

"斤"的来源:斤是从实用器转化而来,原是生产工具"斧"的名称。《说文解字》中有:"斤,斫木斧也。"原始的商品交换常态化以后,人们常常拿用斧子与其他交换物相交易,斧的重量逐渐固化,成为一个重量单位——斤。

"石"和"钧"的来源:《国语·周语》引《夏书》:"关石和钧,王府则有。""石"作为重量单位已见于战国时秦、赵等国的铜权刻铭,《说文解字》写作"䄷",释义:"百二十斤也。"注曰:"石者,大也,权之大者也,四钧为石。"钧有平均的意思,石有人用肩挑重物、两端重量均等的意思。人类通过长时间的实践和经验,发明用肩挑来搬运物品的方式,这种科学、有效的搬运方式启发了天平的产生。殷商甲骨文中似人肩挑物的字,古埃及的象形文字中也有人用肩挑"天平"的文字。

"铢"和"两"的来源:《说文解字》云:"两者,二十四铢之称也。"《汉书·律历志》:"十六两为斤。"《说文解字》:"权十累黍之重也。"《小尔雅》《淮南子》《说苑》均言二十四铢为一

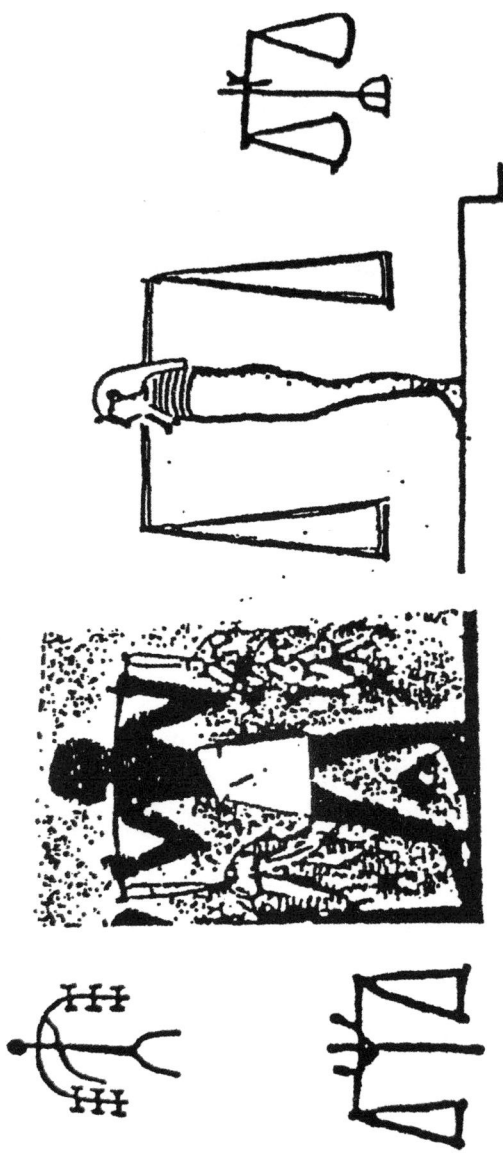

人类的活动与天平的发明。图选自《中国科学技术史·度量衡卷》

两。汉以前最小的重量单位为"铢"（也写作朱），比铢更小的单位则用铢的分数表示，如"半铢""四分铢一"等。

汉代铢以下又有黍、累两个小单位。《汉书·律历志》："权轻重者，不失黍累。"应劭注："十黍为累，十累为一铢。"

关于新莽权衡的进位制。新莽权衡并非十进制。从长度和容量单位发展过程来看，最后非十进位制被淘汰，十进位单位被保留下来，为什么唯独重量单位中的五衡却始终保持非十进位制呢？

究其原因，一是权（砝码）分割的实际需要。重量相比于长度和容量是一个间接测量单位，必须与其他有固定量的实体相比较，因此权需要被分割成轻重不同的等级。为便于分割，采用每取一半，用二的倍数，如二十四铢为一两，八两为半斤，十六两为一斤，三十斤为一钧，四钧为一石等。汉代金银器已普遍使用，因此常见"铢""两"这样的小单位。当时税收以粮食为主，因而"石"这一最大单位也被频繁使用。二是汉代盛行谶纬之术，强调"天人相感"，进位制本身也被赋予谶纬色彩——二十四铢成两，象征二十四气之象；十六两成斤，象征四时乘四方之象；三十斤成钧，象征一月之象；四钧成石，象征四时之象。用节气、四季、月份等自然现象附会在五衡之上，使之具有"天赋之意"，从而被历代朝政所沿用。

关于新莽权衡的外形。莽权最大特点是权为扁平圆环。《汉书·律历志》记载："圜而环之，令之肉倍好者，周旋无端，终而复始，无穷已也。"孟康注："形如环也。"如淳注："体为肉，孔

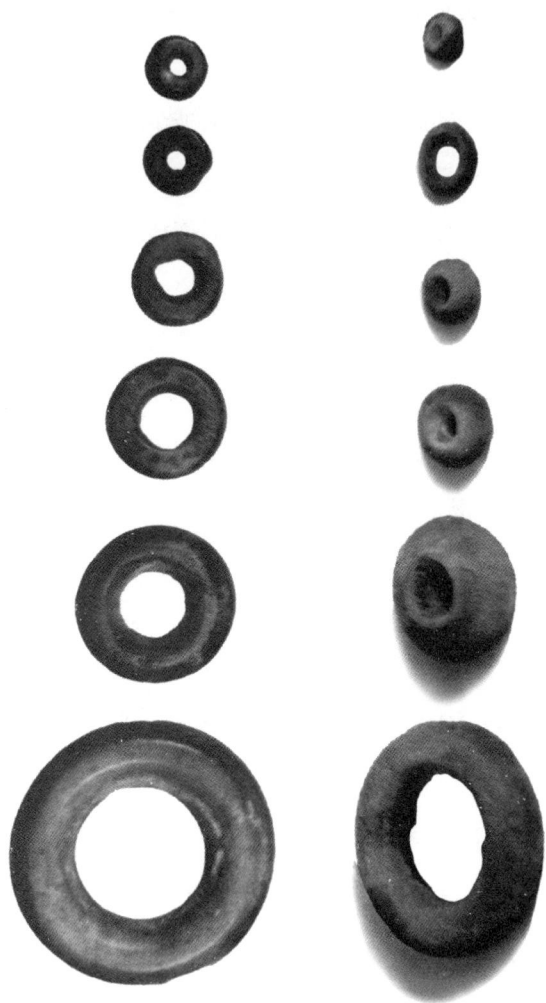

〔战国·楚〕铜环权。图选自《中国古代度量衡图集》

为好。""肉"是环体,"好"是环孔。莽权之所以为圆环形,并做成"肉倍好"之比,源于王莽托古改制的政治诉求,他是用权衡来模仿古代礼器玉璧。

玉璧,是中国玉文化最核心的玉器之一,古代用于隆重典礼的礼器,以璧礼天,也用于国事当中的礼仪馈赠。玉璧在商周时期兴盛,汉以后逐渐式微。《尔雅》曰:"肉倍好谓之璧,好倍肉谓之瑗,肉好若一谓之环。"从莽权的测量数据看,环体的直径(外径减内径)约为环孔直径的两倍。实际上先秦之璧玉也并非均能做到肉倍于好,此处只是代表了王莽的一种复古思想。

前文提及,新莽之衡杆与战国楚铜衡杆相近,而新莽之权,相配套地与战国楚铜权相近。铜环权在楚国故地常有出土,据不完全统计总数达 40 余枚。除环权外还有衡杆和铜盘,可以组成一套完整的古代权衡器。但环权上未见有关计量单位刻铭,又无文献可作佐证,故迄今对楚国的重量单位与量值尚待研究。

关于新莽权衡的铭文字体。莽权铭文用的是古朴的篆文,而不是汉代流行的隶书。《说文解字》记载王莽时期有"六书":一曰古文(孔子壁中书),二曰奇字(即古文而异者),三曰篆书(即小篆),四曰佐书(即秦隶书),五曰缪篆(摹印),六曰鸟虫(题书幡信)。新莽权衡上的铭文正是当时六书之一的小篆。

小篆特指秦代的官方篆书文字,秦代《泰山刻石》是秦小篆的代表性书法。新莽权衡铭文与《泰山刻石》相似,铭文字体重心偏高,纵向笔画极为舒展,单个字结构疏密对比大。铭文整体呈现出华丽、典雅的审美格调，比《泰山刻石》的字体格调更为华丽。与秦代度量衡上的书体相比，其格调更为古典。这种古典与华丽正符合新莽崇尚复古的文化追求。铭文在细节处理上，也受到同时期汉隶的影响，庄严方硬。这种书写风格也体现出汉代金文由篆书逐渐隶化的发展趋势。新莽权衡铭文，为我们研究新莽时期小篆的书法风格提供了重要资料，也为我们研究秦汉篆书的传承关系提供了关键线索。

关于新莽权衡的材质。经现代科学检测，莽权是以铜为主，混合铅、镍、锡等元素的合金材料。对新莽九斤权金属成分的测定见于刘东瑞《世界上最早的游标量具——新莽铜卡尺》："经冶金部有色金属研究院对新莽九斤权进行激光光谱定性分析，权含铜大，含锡少，含铅中，含锌少，含银少，含镍中，这与历史上流传下来的新莽铜卡尺合金比例相同，也符合秦汉时期的铜器质地。"[1]

关于新莽嘉量。[2]新莽铜嘉量，器物现在台湾省。此器形制与《汉书·律历志》所记"上为斛，下为斗，左耳为升，右耳为合、龠"相符。器壁正面有八十一字总铭，与新莽铜丈、权衡铭文相同，每一种量器又各有分铭：

---

① 中国历史博物馆馆刊编委会编：《中国历史博物馆馆刊》，北京：文物出版社，1979年第1期，第94—96页。

② 邱光明、邱隆、杨平：《中国科学技术史·度量衡卷》，北京：科学出版社，2001年，第195—198页。

律嘉量斛，方尺而圜其外，庣旁九氂五豪，冥百六十二寸，深尺，积千六百二十寸，容十斗。

律嘉量斗，方尺而圜其外，庣旁九氂五豪，冥百六十二寸，深寸，积百六十二寸，容十升。

律嘉量升，方二寸而圜其外，庣旁一氂九豪，冥六百四十八分，深二寸五分，积万六千二百分，容十合。

律嘉量合，方寸而圜其外，庣旁九豪，冥百六十二分，深寸，积千六百二十分，容二龠。

律嘉量龠，方寸而圜其外，庣旁九豪，冥百六十二分，深五分，积八百一十分，容如黄钟。

"律"指黄钟之律。"嘉量"，嘉是好的意思。

"方尺（寸）而圜其外"，古时以方作圆。《周髀算经·商高》："圜出于方，方出于矩。"

"庣旁"，《汉书·律历志》郑注"庣，过也"，即外圆超过正方。颜师古注"庣，不满之处也"，即正方未满外圆。两者虽说法不同，指的同是正方形对角线从角顶到圆周的一段距离。嘉量斛铭容 1620 立方寸，如用方尺而圜其外以定圆径，则一斛的容积不足 1620 立方寸，故在正方形对角线两端需各加九厘五毫作为圆径，始能相合。

嘉量铭文，记有五量的径、深、底面积和容积，为研究新莽度量衡制度提供了实物依据。《汉书·律历志》提出"用度数审其容"，明确了容量是长度的导出单位，严格地规定出标准器各部位的尺寸，从而准确计算出各器的容积。这一做法早在"商鞅铜方升"上已得到证实，不过新莽嘉量器形比商鞅方升复杂，一器之上包括龠、合、升、斗、斛五个量，各器又均为圆筒形。

在圆周率尚停留在"径一而周三"的汉代，要规定出圆筒形器物各部位的尺寸，并且用数学公式精确地计算出各器的容积，在当时还存在着许多难以解决的技术问题。因此，王莽时代的科学家构想出这种超前的设计方案，已超出时代所能达到的技术能力，这在世界科技史上值得大加称颂。

历代律、数学家常以嘉量为标准，校核度量制度。《晋书·律历志》："刘徽注《九章》云，王莽时刘歆铜斛（即今称之新莽铜嘉量）尺弱于今尺四分五氂。"《隋书·律历志》："祖冲之以圆率考之，此斛（指新莽铜嘉量）当径一尺四寸三分六氂一毫九秒二忽，庣旁一分九毫有奇，刘歆庣旁少一氂四毫有奇。"唐代李淳风以刘歆铜斛尺考校隋代以前的尺度，分别列为十五等，后编入《隋书·律历志》。近人刘复对此器的尺寸、容量、重量做了精细的测量，著《新嘉量之校量及推算》，根据实测推算出新莽时一尺长 23.08864 厘米；一升容 200.63492 毫升；一斤重 226.666克。[①]

关于新莽时期的审度。[②] 目前所见新莽时期的测长工具——审度——的实物，仅定西称钩驿出土的铜丈和其他地方出土的三

---

① 详见附文：刘复著《新嘉量之较量及推算》。

② 邱光明、邱隆、杨平：《中国科学技术史·度量衡卷》，北京：科学出版社2001年，第205页。

支铜卡尺。从现有的审度实物来看，新莽时期在测长工具上亦有着突破性的发明和创造。

传世的新莽铜嘉量在一器上包括龠、合、升、斗、斛五个单位量，因此铜丈的设计思想也是一致的，《汉书·律历志》曰："（丈）其法用铜，高一寸，广二寸，长一丈，而分、寸、尺、丈存焉。"根据铜丈实测长、宽、高的数值，应该能对应得到新莽时期丈与寸的具体值。

新莽铜丈1925年出土后，已断为两截，被误当作铜柱而未留下详细的实测数据。现存铜丈上半截弯曲变形，长132.4厘米，下半截长96.8厘米，两截相加，全长229.2厘米，宽4.7厘米，厚2.4厘米。考虑新莽量器刻铭翔实、制造精湛以及铜丈出土的弯曲残损，可以推测新莽时期一丈为230厘米左右，一尺为23厘米左右，一寸为2.3厘米左右。

新莽时期除了有一般的直尺外，还有一种专用的测长工具——卡尺。目前所见汉时卡尺共三件。关于新莽卡尺的著录，最早见于清末吴大澂《权衡度量实验考》，其后容庚《秦汉金文录》、柯昌济《金文分域编》、刘体智《小校经阁金文拓本》、罗振玉《贞松堂集古遗文》都有记载。

卡尺由固定尺和滑动尺两部分组成，一端有成矩形的量爪，滑动尺正面有寸格，量爪与尺相连处有环状拉手，引环可以使滑动尺移动。使用时，先将滑动尺拉开，将卡爪卡入被测件，移动滑动尺使之卡紧，以滑动卡爪外侧作为准线，在固定尺面上即可得到读数。卡尺的发明解决了测量工件外圆直径尺寸的问题。在

新莽卡尺。图选自《中国科学技术史·度量衡卷》

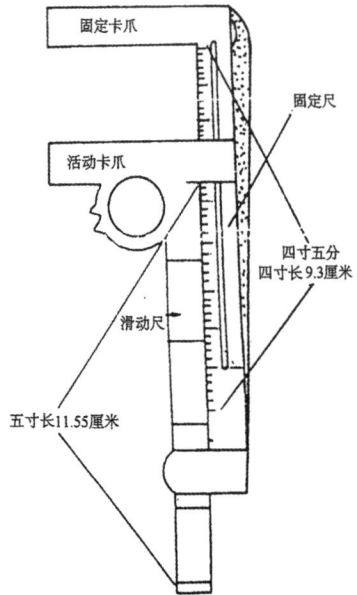

新莽卡尺拓本、线图。图选自《中国科学技术史·度量衡卷》

此之前，古人凡论及外圆直径时，常以围长来表示。卡尺除了便于用卡爪测量圆径、板厚之外，还可以用固定尺的下部端面与工件口沿接触，将活动尺伸入被测件的底部，便可以测量工件的深度了。

　　卡尺的发明，说明距今已 2000 年的西汉、新莽时期，我国的测长技术已从一般的直尺发展到能设计、制造出既可用来测量直径，又便于测量深度和厚度的多种用途的专用测长工具。由英国科学技术史学家李约瑟指导、罗伯特·坦普尔撰写的《中国——发现和发明的国度》一书中介绍了中国的 100 个世界第一，其中就有新莽卡尺（该书称为"滑动测径器"），认为这是古代文化遗产中给人印象最深的测量工具，认为使用完整的、有刻度的滑动测径器，中国比欧洲要早 1700 年左右。

　　关于新莽权衡的出土地。据《汉书·地理志》记载，天水郡共辖十六县，其中有獂道、勇士县，今定西市安定区分属于这两个县。《汉书·地理志》说勇士县"属国都尉治满福，莽曰纪德"。

　　汉代在国内行政区域设置上沿袭秦代制度，实施郡县制管理。秦代对归附的少数民族实行一种特殊的行政管理制度——属国，汉代也沿袭了秦代的属国管理制度。新莽权衡的出土地正是汉代一处管理少数民族的属国——天水属国。

　　汉武帝时，匈奴浑邪王率数万余众降汉，河西地区划入大汉版图。如何管理这些归降部众，给予妥善安置，成为汉武帝面临的一个大问题。首先，匈奴人的语言及生活习惯与中原地区不同；其次，匈奴人的社会组织与中原地区不同，匈奴是以部落为基层单位的政权，没有统一和固定的行政区划，部落是以氏族、血缘关系组织起来的；第三，匈奴部落内，还存在浓厚的原始公社制，一些部落内部生产和分配方式还是原始公社的方式。因此，如果让降汉的匈奴人一下就接受封建中原王朝的管理方式，势必引起反抗。

汉武帝成竹在胸，毅然决策对投降的匈奴浑邪王及其部众实行属国制度，"乃分徙降者边五郡故塞外，而皆在河南，因其故俗，为属国。"（《史记·卫将军骠骑列传》）属国的最大特点是"因其故俗"，保留他们原有的生产方式和社会组织，另择地安置，这样既有利大汉统治，又有利于归降部落的生产和生活，更有利于招徕尚未归降的其他匈奴人。

西汉设置属国，从武帝元狩三年（公元前120年），经汉昭帝、汉宣帝总共设置8个属国，有5个属国大体在近代的甘肃地区，分别为：

安定属国。武帝元狩三年设，《汉书·地理志》记载："安定，参，主骑都尉治。三水，属国都尉治。"治所三水县在今宁夏同心县。

天水属国。武帝元鼎三年（公元前114年），析陇西郡地置天水郡。《汉书·地理志》记载："（天水郡）勇士县，属国都尉治满福。"勇士县在今定西市安定区巉口镇，治所在勇士县的满福城。

张掖属国。约武帝征和三年（公元前90年）设，《后汉书·郡国志五》称："张掖属国，武帝置属国都尉，以主蛮夷降者。"治所在今张掖市民乐县。

金城属国。汉宣帝神爵二年（公元前 60 年）设，《汉书·宣帝纪》记载："羌虏降服，斩其首恶大豪杨玉、酋非首，置金城属国以处降羌。"治所在允吾县，今属青海民和县。

北地属国。汉宣帝五凤三年（公元前 55 年）设置，《汉书·宣帝纪》记载三年春"置西河、北地属国以处匈奴降者"。治所何处，不见史书记载。

西汉对属国有成熟的管理体系，在中央，管理诸属国的最高长官为典属国，这是秦朝就已设立的职官，掌管蛮夷降者。当时另有朝廷礼仪官大鸿胪，其职为"掌诸归义蛮夷"。典属国、大鸿胪二者职权的区别仅在于"归义"与"降"的不同，归义指少数民族自愿投向汉朝，而降指其投向汉朝是因军事行动，故而到成帝河平元年（公元前 28 年），省却典属国之官，将其职守并归大鸿胪。因而，西汉管理诸属国的朝廷中的最高长官，先是典属国，后来是大鸿胪。

在地方，管理属国的长官称属国都尉，由朝廷直接任命，职衔低于郡太守，比二千石，受典属国的领导。属国都尉既主兵，又主民。属国牧民被编为军队，称"属国兵"，其中骑兵较多。属国兵用以守卫边境，威慑属国中怀有异心者，必要时弹压其反叛，并随时接受朝廷调遣，参与作战和军事活动。

属国衙署的属官有丞、候、千人长、百人长。丞为属国都尉的副手，协助都尉处理日常诉讼、文书、财务，必要时代行都尉职权。候是情报和参谋官员，其下有候史、斥候，分布边塞，侦察动静，担任警戒以保卫属国的安全。千人、百人长原是匈奴的官职名，汉朝在属国地区沿其故俗，仍设这一官职来称呼带兵的军官。这样从上到下，就形成了一套完整的军政合一的管理体系。

西汉以设置属国的方式安置少数民族归降部落，有利于争取匈奴及其他少数民族归附汉朝，分化瓦解匈奴及其他少数民族的贵族统治；有利于稳定边地的生产，促进边地的开发；有利于引导少数民族改变原有的生产生活方式，适应先进的生产水平，这不仅对当时西汉王朝的统治起到了积极的作用，而且对后世影响深远。

史书记载担任天水属国都尉一职有姓名的，有汉成帝时的张放。《汉书·张汤传》："上不得已，左迁放为北地都尉。数月，复征入侍中。太后以放为言，出放为天水属国都尉。"

定西县巉口镇，就处在勇士县（包括今安定区北部、西部以及榆中县北部、东部，县治在今榆中县青城乡黄河南岸）辖区里的天水属国都尉治所——满福，王莽时改满福为纪德。王莽颁行全国度量衡器，将天水属国当作重点行政区域，将新制的度量衡器放置到了属国治所纪德。

今天，定西县巉口镇有面积较大、文化层深厚且内涵丰富的汉代遗址和规模较大的汉代墓群分布，出土了大量汉代珍贵文物，除了本书重点讲述的"新莽权衡"，还有两汉、新莽货币，官署建筑构件。

《定西地区志》记载，巉口村墓群位于定西县巉口镇东北面的平川和山坡地带，分布分散。此地为汉代的城市、村落及墓葬区。在关川河东岸断崖间上距地表 1.2—2 米处有 2—3 米厚的汉代文化层，内含大量陶片。地面暴露丰富的汉代细绳纹灰陶器片和粗绳纹瓦片，因 1925 年出土新莽权衡而著称于世。1995—2000 年，文物部门清理墓葬，出土铜弩机、铜带钩、铜车马器、铜镜、漆器残片、五铢钱、绿釉陶器、卜骨、"颍阴丞印"封泥等。证明此地在汉代有官署存在，为政治、经济、文化、军事的中心和交通枢纽，经考证，是为天水郡属国都尉的治所勇士县满福的遗址。①

"颍阴丞印"封泥 1998 年出土于定西县巉口镇汉代遗址。细红泥质，质地坚硬，呈正方形，边长 2.5 厘米，小篆阳文"颍阴丞印"，该封泥为目前定西地区境内出土的孤品，弥足珍贵。该封泥为汉代颍川郡颍阴县（治所在今河南省许昌市）县丞封缄文书的印记，证明汉代颍阴县有文书发往天水郡属国都尉治所满福。

称钩驿虽然可能不是监制权衡的地方，却是安置官颁权衡标准器的地方。"称钩驿"这一地名值得寻味，其名称起源于何时没有明确记载，至少唐宋时期就已有这个名称了。新莽权衡在民间又被叫作"王莽称"，看来颁行、放置莽权，是一个本地留存已久的历史记忆。

2021 年 9 月，我来到莽权出土地探访。这里山形夹峙，铁

---

① 定西地区志编纂委员会编纂：《定西地区志》，北京：中华书局，2013 年，第 1878 页。

"颍阴丞印"封泥

"颍阴丞印"封泥印图

路公路向西蜿蜒而去，关川河水向北激流。关川河东岸断崖处修筑堤坝，崖上建造房舍，已是世事变迁，但断崖间依旧留存遗迹，2—3米厚的汉代文化层中含有大量陶片。其时天高云淡，远山黄土漫漫，近地绿草勃勃，暴露在断崖土层之外的器物残片，默默地讲述着这里曾经的辉煌。

莽权故地，历史现场。历史与现实重叠交错。虽然汉代属国都尉的城池已不复存在，唯余一地城池碎片，虽然莽权的踪影在遥远的他乡，空留一道断崖残壁，但身临现场，新莽权衡所承载的中华文明气息扑面而来。这里的黄土，仍是大汉与新朝的颜色；这里的山风，仍呼啸着盛世的声音；这里的关川河，千百年来涛声依旧；这里的人民，守护着黄土长河，千百年来与山川相依，淳朴而智慧。

时间再回溯到1930年。新莽权衡，世所罕见，新莽独特、完整的量制体系，深深根植于中华文明和中华民族的观念之中。新莽权衡自从在甘肃教育馆陈列展览以来，轰动甘肃，名震国内，前来观看的人络绎不绝。甘肃教育馆在权衡的故事中，就此登场。

甘肃教育馆

　　1926年2月，甘肃省立教育馆成立，馆址在兰州市庄严寺。庄严寺是兰州名寺，建于唐代，相传为隋末薛举故宅。《新唐书·薛举传》记载，隋朝末年，天下大乱，金城校尉薛举乘势起兵，于大业十三年（617年）自称西秦霸王，年号秦兴，定都金城（今甘肃省兰州市）。薛举容貌魁梧，骁武善射，他赈济灾民，得到百姓拥护，雄踞陇右。大业十四年（618年），李渊在长安称帝，改国号为唐，年号武德。是年六月，薛举引兵东进，一路势如破竹，攻城拔寨，长安人心惶惶，李渊准备迁都以避锋芒。紧要关头，薛举在军中病故，其子薛仁杲继位。李渊次子李世民率领大军与薛仁杲对垒激战，最终取得胜利。

　　唐初，在全国"交兵之处"建立寺庙，西秦霸王的皇宫被改建为寺，取名"庄严寺"。据寺庙墙壁镶嵌的清道光三年（1823年）《补修五佛殿记》记载，庄严寺于唐贞观元年（627年）"奉帑敕建"，即当时用朝廷拨付的钱财改建了西秦霸王的宫殿。

　　庄严寺规模宏大，殿堂众多，历代都有修葺。至清末，寺院占地五十余亩，中轴线上依次为山门、天王殿、大雄殿、五佛

《补修五佛殿记》碑。陈晓斌摄

殿，间有花园，东西两侧为钟楼、鼓楼、陪殿、跨院与僧舍。院内古木参天，溥惠渠水引入寺院，曲流灌溉，榆槐环殿，竹柏荫亭，花木掩映，环境静谧。谭嗣同早年曾随父亲常住兰州，1889年作《兰州庄严寺》诗："访僧入孤寺，一径苍苔深。寒磬秋花落，承尘破纸吟。谭光澄夕照，松翠下庭荫。不尽古时意，萧萧雅满林。"

清末，国内一些知识分子和官员提出用寺庙产业兴办学堂（1898年，湖广总督张之洞在《劝学篇》中提出"大率每一县之寺观，取十之七以改学堂，留十之三以处僧道"）。1910年，陕甘总督长庚在庄严寺内开办仵作学堂，原计划培养全省衙役、仵作现代办案理念，从各州县选送一人入内学习，但由于省内民智未开，少有人响应，只得从省城一带就地招生，所开设课程以清廷刑部新刊法学书籍为主，兼习宋代宋慈著《洗冤集录》。

民国时，甘肃境内（当时的甘肃包含今青海、宁夏）军阀混战，各路军事力量相继统治甘肃。他们如同走马灯一般更迭频繁，1912—1949年间，甘肃政府首脑更换多达22人。政府首脑大多是军阀中人，缺乏社会治理才能，对百姓横征暴敛，但还是有一些人勤政廉洁，为甘肃发展做出过实际贡献，薛笃弼就是其中之一。

薛笃弼于1925年10月—1927年6月任甘肃省省长。薛在任期间，重视民众日常教育、文化工作，他在省长公署设"进思堂"，免费为民众放映电影，丰富民众生活，传播进步信息；开设夜校，帮助民众识文断字，学习文化科学知识；在木塔寺（今甘肃省军区干休所）设立公共体育场，有乒乓球室、秋千、浪木等设施，供市民开展体育活动；为激励民众自强，不忘列强侵略事实，薛笃弼亲自将列强侵略中国的经过、事由、日期一一录出，编制周年国耻纪念表，刊印多张，悬挂署前及进思堂，发往各县，使人民了解国耻，知耻而后勇。

薛笃弼注重改善民生，重视发展社会福利事业。在下官园（今民勤街）开办养老院，专收无依无靠、流落残废的穷苦老人，管吃管穿，养老送终；在新关（今秦安路）开设孤儿院，收容孤儿弃儿，抚养教育；在学院街（今武都路东）设济良所，收容不堪虐待、走投无路的妓女、童养媳及受家庭迫害的妇女，提供吃穿住宿，严加保护，再由政府做主，选择配偶成婚；在禁毒、宣传毒害的同时，还设立多处戒烟所，为烟民戒除烟瘾。

民国初立，教育总长蔡元培力排众议，在教育部官制中增设社会教育司，与普通教育、专门教育三司并立（当时鲁迅应蔡元培之邀，于1912—1917年在教育部先后任社会教育司第一科科长、教育部佥事，专门负责社会教育司工作）。北洋政府期间，国内一些地方成立通俗教育馆，初步涉及民众教育。要搞民众教育就需要场地，于是继承清末庙产兴学之风，通过征收庙产为民众生活和民众教育提供场地的风潮在国内一些地方再度兴起，其中以冯玉祥西北军统治的地方为甚。冯玉祥本就信奉基督教，痛恨传统封建迷信，民国十六年（1927年），冯玉祥在河南废寺逐僧，没收白马寺、少林寺、大相国寺，驱逐僧尼三十万众，勒令还俗。寺院或被改为学校，或作救济院、图书馆，大相国寺被改为中山市场(本文前述冯玉祥部下刘郁芬1928年将普照寺辟为中山市场,是这一活动的翻版和延续)。

在上述背景下,薛笃弼到甘肃上任不久,就早于冯玉祥在河南的废寺行动之前,于1926年2月改造兰州千年古刹庄严寺,将其作为甘肃省立教育馆。教育馆直隶省长公署,由省政府秘书长兼任馆长。薛笃弼将庄严寺的山门改建为砖券门,修整出大殿和厢房四十余间房屋,以及空阔场地专供教育馆使用。大雄宝殿悬挂薛笃弼撰写的楹联"因时制宜开通明智,旁求博采发扬国光",表明设馆目的。他还创办省秦腔训练班,由省教育厅具体负责,训练班每星期在省立教育馆国民剧院演出一至两次,表演剧目主要有《放饭》《走雪》《伍员扫墓》《二堂舍子》等,活跃市民文化生活。

根据甘肃省图书馆西北地区文献库藏《甘肃教育馆章规汇览》(以下简称《章规汇览》),甘肃教育馆《组织大纲》如下:

第一条、本馆以设施各种社会教育为目的。

第二条、本馆分设左列(民国版书籍文字是竖行、从右往左排列,故称"左列")四部及明耻楼:

一　图书部

二　讲演部

三　博物部

四　游艺部

第三条、图书部以通俗图书为主,分普通阅书处、儿童阅书处、妇女阅书处。

第四条、讲演部分普通讲演、特别讲演与幻灯讲演。

第五条、博物部暂分史地、理科、卫生、美术、教育等室，并动物园。

第六条、游艺部分体育场、普通、儿童、妇女各游艺室与国民戏园。

第七条、明耻楼陈列国耻图书、国耻模型，图绘关于国耻之图画及不平等条约。

第八条、本馆设馆长一人、主任二人、事务员四人。

第九条、本馆为分任各处管理劳役事务，得设司事若干人由馆长择高小学校毕业者录用之。

第十条、本馆得附设平民学校。

第十一条、本馆余屋空地得招设食堂、茶馆、照相馆及书画铺。

第十二条、本馆得附设教育品制造所。

第十三条、本馆得附各种学术研究会。

第十四条、本馆办事细则及阅览规则另定之。

第十五条、本馆经费按月由省政府支领之。

第十六条、本馆为谋永久存在及改进起见，得组织董事会并得聘请名誉指导员，其简章另定之。

甘肃省立教育馆的设置，就按照《组织大纲》的规划铺陈开来。

《章规汇览》中《办事细则》规定，博物部职员所掌事务为：博物标本、模型、图表之登记编号；博物标本、模型、图表之整理保管；对于阅览人之说明；关于博物部之其他各事。馆内前院东西厢房还有一部分做文物展览，其后东西禅院、大殿也摆展览，展出甘肃的文物、自然资源标本、土特产样品，归博物部管理。博物部附设动物园，在馆内西北隅，将西佛殿隔为小间，木椽为栅栏，圈养各类野生动物，第一次展出飞禽猛兽等野生动物，令省城人民大开眼界。

庄严寺本身就是文物古迹的集中体，向来以书、画、塑"三绝"著称，又称"三绝寺"。"书绝"指原山门所悬"敕大庄严禅院"额匾，系元代李溥光所书，笔力雄浑，笔画厚重，颇似鲁公间架结构。李溥光是元代大书法家，元朝皇宫匾额多为其所书，曾为北宋王希孟的《千里江山图》青绿山水长卷作过题跋。"塑绝"指正殿大雄宝殿的佛教造像，神态生动传神，体态匀称生动，衣纹细腻逼真，有很高的美学价值。"画绝"是大雄宝殿后壁观音壁画，相传为吴道子所绘，观音手中柳枝翠绿异常，据说历久弥新。正殿墙面十八罗汉及佛教故事壁画也为上乘之作，为元代高手绘制。此外庄严寺还珍藏历代收集的珍贵文物，为其他佛寺所鲜见，都由博物部负责保管陈列，据甘肃学者张维《陇右金石录》记载，展览古物有商卣，周鼎，汉方壶、瑚琏等。

教育馆自身力量有限，号召民众积极捐献展品。《章规汇览》中《寄陈物品简则》为：

甘肃省皋兰县古迹名胜调查表（摘自 1932 年《甘肃省政府公报》第一卷第一期）

类别	名称	所在地点	历史关系	保存方法	备考
第五类造像	接引寺铜佛	东关接引寺大殿内	明建	该寺和尚住持保管	
	庄严寺塑像	省城西大街北	唐初建，明成化十六年再修	教育馆保管	佛像停匀生动，衣褶细叠，迎风欲举，塑绝也
	天然石佛	西乡梁家湾河畔	年代久远，不悉系何代物	无人负责保管	石佛高约五尺，宽约五尺，如能迁置省城陈列，洵为奇观
	龙泉寺塑像	东乡上下暖泉	明肃藩时建，清光绪十四年重修	该处头人保管	
	普照寺塑像	省城学院街北	唐贞观中敕建，明永乐中肃藩再修	中山市场办公处保管	
	嘉福寺塑像	省城木塔巷内	唐贞观九年重修，明宣德六年、成化三年、嘉靖三十五年肃藩屡修	该寺和尚住持保管	
	金天观塑像	省城袖川门外阿甘河西	明肃藩建	该观道人住持保管	
	凝熙观塑像	省城内东大街东北角	明肃藩建	该观道人住持保管	
	东华观塑像	省城内东大街中	宋代时重修，明宣德五年、嘉靖十六年肃藩屡修	该观道人住持保管	
第八类书画	敕大庄严禅院匾额	省城西大街庄严寺内	元代李元浦（李溥光）书	教育馆保管	字体遒劲，直逼颜鲁公，绝写也
	壁画观音像	省城西大街庄严寺内	唐代吴道子绘	教育馆保管	像既端好，而所披白衣覆首至足，俨然纱毂柳枝，经久翠色如新，绝画也
	金天观壁画老子传	省城袖川门外阿甘河畔西	清道光年绘	该观道人住持保管	
	关帝庙壁画关帝传	河北庙滩子街路北	清道光年绘	该处头人保管	
	龙泉寺壁画佛像	东南乡上下暖泉	明肃藩时建，清光绪十四年重修	该处头人保管	年代久远，墙壁坍塌，补修破坏不全
	金天观门额以及匾对等件	省城袖川门外阿甘河畔西	清乾隆年间刘一明书，道号悟元子	该观道人住持保管	

李溥光书"敕大庄严禅院"匾额

一、凡各种图书、字画、影片、标本、模型以及其他有关教育之物品、花木、鸟兽，本馆均欢迎寄陈以供众览。

二、本馆对寄陈物品按其性质分类编号，志以某某寄存字样特为保管。如寄陈人能告以特别保管方法，本馆亦可照办。

三、凡寄陈本馆之一切物品，应由寄陈人注明名称、价值及陈列时期，并于寄陈或取物之先，由双方点明原物有无损伤，详为登记。

四、此后寄陈人即以该据为凭，倘有失遗，应即时通知本馆另给新据。但寄陈人应登报申明旧据作废，以昭慎重。

五、寄陈本馆物品，除有天灾不可抗力外，如有毁伤，得由馆酌为赔偿。

《章规汇览》中《酬谢捐赠人办法》为：

一、凡捐赠本馆图书、物品者，均将姓名、赠品登诸报端，以志鸣谢。

二、凡捐赠多种图书、物品者，除登报鸣谢外，并将相片悬挂本馆以作纪念。

三、凡特别捐赠人，并得由馆长商同董事长推举为本馆董事。

四、凡本馆临时开演电影、幻灯及他种游艺时对于捐赠人均特别优待，不收券资。

当时社会有名望人士热心捐赠展品。据1932年8月6日《西北新闻日报》报道:"永登连城土司鲁承基,近赠省民众教育馆藏狗一只,马鸡一对,黑兔一对,麝一只,羽毛均甚丰满。闻该馆已将上述各禽兽,分别陈列于栏内,供人游览矣。"8月23日报道:"东路交通司令马辅丞氏,近赠省民众教育馆合猁一只,类似猞猁,色黄灰,大如小犬。闻此物系该部汽车日前赴凉(即平凉)时,在途中穴内追逐捕得者。"(此外民教馆以东的省政府院内中山东园也有动物展出。1932年10月18日《西北新闻日报》报道:"拉卜楞寺黄司令正卿,于昨日下午二时特派员带猴子一头、狗熊二只,赠给省府中山东园,以供众览。")

薛笃弼在甘肃任职仅一年多,但他以身作则,勤政爱民,破旧立新,一系列工作成果显著,备受民众称赞。

薛笃弼执政甘肃期间正值北伐战争时期,国民党与共产党合作,获得了"民众可以由教育唤起"的宝贵经验。20世纪20年代,欧洲、美国和苏联的成人教育理念开始普及,教育大众化的浪潮影响中国。1927年,南京国民政府成立后开始重视民众教育,在北洋政府设立通俗教育馆的基础上,在全国范围内陆续设立民众教育馆。南京政府不断出台法规,给予民众教育馆权威资源,将其作为政府连接下层社会的重要载体,赋予对民众实施教育改造和社会改造的双重使命。全国民众教育馆普遍建立起来,成为后来博物馆、科技馆、文化馆、体育馆的前身。

民众教育馆也是近代图书馆的重要源头。清末实行新政,于宣统二年（1910年）拟定《京师图书馆及各省图书馆通行章程》，提出京师及各省省治设图书馆一所，这是近代图书馆的直接源头。甘肃直到民国四年（1915年）以原提学史署图书楼（今城关区区政府）为址，成立甘肃省立图书馆。全国解放后各地的民众教育馆撤销，其藏书多并入当地图书馆。

薛笃弼与冯玉祥关系密切，蒋介石、冯玉祥合作时，冯玉祥向国民政府郑重推荐薛笃弼。1927年8月—1928年10月，薛出任南京国民政府首任内政部长。内政部是民国政府要害机关，管理地方行政及土地、水利、人口、警察、选举、社会经济等事务，对各地方最高行政长官有指挥监督之责。薛笃弼任职前，国民党《中央日报》连篇累牍报道他即将赴任消息。1928年3月，在他的就职典礼上，有国民党军事委员会主席蒋介石、国民政府主席谭延闿等600余人出席，人数之多，典礼之重，为当时各部长就职仪式之最。薛就职后，维持他一贯工作作风，自己每日晨读孙中山《建国大纲》一段，吟诵古诗数首，练习国技半小时。他与部下同甘共苦，不搞特殊化，用餐时与下属职员同桌吃饭。他要求内政部公务人员"十诫"：提起革命精神，扫除官僚习气，养成清廉操守，注重朴实节俭，杜绝不良嗜好，实行以身作则，做事务必躬亲，严戒积压案牍，随时研习学术、锻炼身体。如同往日甘肃政府公务人员一样，内政部人员也是每日练操，《中央日报》记者报道："只有把那些特殊的官僚每天牵到操场上去转几圈，才能让他们改掉'驼背耸肩，呵欠眼泪，套裤瓜皮帽'的样子，才能腰直背伸，百病俱除。"

薛笃弼先后颁发了多项法规通告，整顿吏治，关注民生，得到时人称道。他延续庙产兴学理念，向全国颁行《寺庙管理条令二十一条》，明确规定："寺庙得按其财产之丰绌、地址之广狭，自行办理各项公益事业一种或数种。其中包括：各级小学校，民众补习学校，各级学校、夜学校；图书馆、阅报室、讲习所；贫民医院、贫民工厂；适合于地方需要的合作社。"这一规定带有强制性，引起一些反对。甘肃教育馆也经历此情况，1932年9月29日《西北新闻日报》报道称：

　　省民众教育馆（甘肃教育馆后改名），即前庄严寺旧址，该寺（前）住持李呾嚕向教厅（即省教育厅）请发还百子禅院，以作诵经之地。闻教厅以民教馆现有地址尚不敷用，正待扩充，该李呾嚕请发还百子禅院一层，未获照准。

　　时代新风如此。时代潮流，浩浩荡荡，顺应时代的人，总能做出正确的选择。1930年春，杨慕时将六件莽权转赠给甘肃教育馆。按照教育馆章规，杨慕时填写了《寄陈凭证》：

　　　　名称：新莽时代衡器。
　　　　价值：购价洋八百元。
　　　　陈列时期：永久陈列。

　　教育馆将一式两份凭证交杨慕时保管一份。教育馆还应将此事登诸报端，以志鸣谢，并将杨慕时相片挂馆以作纪念。杨慕时珍藏起这份《寄陈凭证》，东行西安赴任。新莽权衡将要在甘肃教育馆这片苍松翠柏的环境中，开启一段新的旅程。

失窃

1932 年 6 月 17 日

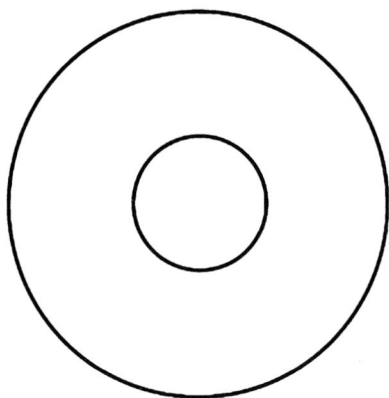

　　四钧权（石权），新莽时期衡器部件。外径 28.05 厘米、内径 9.6 厘米，高 8.2 厘米，重 29950 克。外侧刻"律权石，重四钧"和新莽诏书 81 字。依照古制，四钧为石，故该权又被称为"石（dàn）权"。

大雨夜

　　新莽权衡陈列于甘肃教育馆时，甘肃著名学者张维 [1] 曾做过细致的观察记录与综合性研究，他感叹："吾人生于今日乃得于边陲见之，庸非眼福。" [2] 张维的感慨大约能够代表当时甘肃民众一睹莽权真容的感受。今天，外地游客若来兰州，定会观看甘肃省博物馆珍藏的国宝"马踏飞燕"，而在 20 世纪 30 年代初的民国，游客来兰，见到最珍贵的古物必是在甘肃教育馆展出的国宝"新莽权衡"。若逢盛世，岁月静好，新莽权衡一定会在那里等你，但民国时的中国正逢乱世，新莽权衡恰又是定乱之象征，这就注定了它颠沛流离的命运。

　　1932 年 6 月 21 日，《西北新闻日报》重磅刊登了一则名为《省民众教育馆遗失古物——新莽时代之权衡——省会公安局严

---

　　① 张维（1890—1950），字维之，号鸿汀。曾任甘肃省议会议长，省政府委员。他著于 1938 年的《陇右金石录》，是全面介绍民国年间甘肃地区保留金石古物的集大成之作。

　　②《石刻史料新编－第一辑》21《地方类·山西、陕甘》，台北：新文丰出版公司印行，1977 年，15958 页。

密缉拿》的报道，记录了近日以来轰动兰州的一件大事：

> 皋兰社讯：甘肃民众教育馆，藏有新莽时代权衡，系乡
> 民掘地所得。十八年春杨慕时以八百元购于乡民，计衡一，
> 钩一，权四（报道的记者将"丈"误认作"衡"，他不知衡与
> 九斤权在北平黄浚手中之事）。衡有铭文曰……。陈列民众
> 教育馆内，用供浏览。并为保重起见，闻防止甚密。不意日
> 前雨后，被人窃去。

此后便是报纸累报。6月23日《省民众教育馆悬赏缉购新莽
权衡》：

> 省民众教育馆于前日失去新莽权衡各节，曾志本报。兹
> 悉该馆已印就该权衡之图样镌文，并发出布告悬赏缉购。"

同日《省府饬属严缉新莽权衡窃犯》：

> 皋兰社讯：甘肃省立民众教育馆史地室陈列之新莽权
> 衡，于本月十七日大雨时被盗。及该馆悬赏争购一节，业志
> 本报。兹闻省府以新莽权衡系二千年古物，深具历史研究价
> 值，异常贵重，除令公安局查拿外，并兹请绥署（西安绥靖
> 公署驻甘行署），及兰州警备司令部、皋兰县政府、邮政管
> 理局，饬属一体严缉。一面仍令民众教育馆悬赏购缉，认真

侦查，务期贼赃俱获云。

民众对莽权失窃案一片哗然，时人黄国华作《兰州杂诗》："新见莽权文字真，称钧名诓讵无因。如何稀世珍藏器，不羽而飞信可嗔。"兰州《生存》杂志第一卷十二期《新莽权遗失感言》：

> 不幸于本年六月十七日雨夜被人盗去，听说事前有人估过价，值可八十万元之多。自有人估价后，不时有人前来参观注意，十七日的那夜大雨后不羽而飞。

莽权自进入教育馆以来，已陈列两年多，如此"异常贵重"之物，"防止甚密"，怎么会被突然窃走呢？从报纸报道看，窃贼显然利用当夜大雨作为掩护，实施盗窃。甘肃长期干旱成灾，但1932年的兰州降雨却极其充沛，这从当年新闻报道便可见一斑。4月20日《西北新闻日报》报道：

> 一月以来，兰垣连雨几次，昨十九日夜半，忽又彤云密布，大雨纷纷，至今晨天尤阴沉，时雨时止。禾苗既因以蓬勃，空气亦随之调剂，一副生发气象，人民莫不幸忭。

5月15日报道：

> 兰垣自入春以来，连降数雨，忽于昨日下午彤云密布，雷

省府飭屬嚴緝新莽權衡竊犯

皋蘭融訊甘肅省立民衆教育館，史地室陳列之新莽權衡，於本月十七日大雨時被盜。及該館呈請徵購一節，業誌本報，茲聞省府以新莽權衡係二千年古物，深具縣史研究價值。異常貴重。除令公安局查拿外，並咨請綏署。及蘭州警備司令部皋蘭縣政府，郵政管理局，飭屬一體嚴緝，一面仍令民衆教育館縣實購緝，認真偵查。務期贓眼俱獲云。

1932 年 6 月 23 日《西北新闻日报》之
《省府饬属严缉新莽权衡窃犯》

声隆隆，一时大雨如注，降落通宵，今岁田禾将大有收获云。

5月27日报道：

兰垣天时顺和，甘霖迭降，禾苗蓬勃，丰收可期！昨晨九时许，又复彤云密布，细雨连绵。如是至晚，则更大雨如注，淅淅沥沥彻夜未止。

大雨固然为盗窃提供了天气便利，但若要理解窃案发生的深层原因，则要探究当时的时代背景。王莽建立新朝，这个"新"取"立新""更新"之意，而20世纪30年代初，莽权的失窃，恰与甘肃社会一系列的"新"密切相关。

政府新势力

　　1932年，甘肃刚经历前一年的"雷马事变"，蒋介石的国民政府开始统治甘肃。薛笃弼离任甘肃省省长后，1927年6月刘郁芬接任甘肃省主席（国民政府改省长为主席），1929年6月，因蒋介石、阎锡山、冯玉祥中原大战，冯玉祥调刘郁芬赴西安。刘统治期间，盘剥百姓，民间谐音其名"刘郁芬"为"留一分"，意为财产刮去九成，给老百姓留下一成；十人里害死九个，只留下一个。刘郁芬走后，8月孙连仲接任，1930年4月孙连仲开赴河南，参加中原战争，携带强征甘肃人民的七十万元银洋、五万两大烟土离去。孙临行前，调西北军唯一留甘部队、驻防在张掖的西北暂编第二旅移防兰州，该旅旅长为雷中田。冯玉祥派马鸿宾接任孙连仲，马未到任，由八名省政府委员共同负责政务（史称"八大委员执政"）。西北军东撤后，甘肃地方军阀抬头，马廷贤窜踞陇南，陈珪璋称雄陇东，鲁大昌突起陇西，黄得贵独霸固原，马步芳割据河西走廊，一时间甘肃省政府能管辖的只有省城皋兰及附近几县。

　　冯玉祥、阎锡山倒蒋失败后，马鸿宾接受蒋介石任命，于

1931年1月任甘肃省主席。8月25日，在冯玉祥暗中支持下，时任新编第八师师长雷中田联合国民党甘肃省党部整理委员会委员马文车，一起发动政变，扣押马鸿宾，27日宣布成立"甘肃临时省政府"，雷中田自任甘肃省保安总司令，马文车代理甘肃省政府主席。此事件史称"雷马事变"。政变虽然成功，但雷、马二人内无民众支持，外无救兵支援，困居省城，形成骑虎难下的尴尬局面。经多方力量撮合，10月8日，倒台的北洋军阀吴佩孚自四川入甘肃，调解说项，雷中田释放了马鸿宾。蒋介石恐吴佩孚借甘肃混乱而乘机东山再起，令潼关行营主任杨虎城派陕军入甘。杨虎城的部下孙蔚如以"甘肃宣慰使"头衔于11月入甘肃，12月3日击溃雷中田部队。雷中田逃往四川，吴佩孚、马文车逃往北平。12月12日孙蔚如在兰州成立"甘肃省政府临时维持委员会"，自任委员长。1932年4月30日，蒋介石为遏制陕军在甘势力，以"军政分治"为由，任命邵力子为甘肃省政府主席，迫使孙蔚如撤销临时维持委员会。自此，国民党中央政府开始控制甘肃政权，但地方势力割据，政令难行。军阀乱战，百姓涂炭，莽权失窃前的甘肃政局，可谓一片狼藉。

邵力子（1882—1967），字仲辉，浙江绍兴人。他颇为有名，早年加入同盟会，与柳亚子发起南社，提倡革新文学。1920年与陈独秀等人在上海建立马克思主义研究会，曾加入中国共产党，后退出。任黄埔军校秘书长，参加国民党改组工作。蒋介石派他入甘，是选择了极为信任的人来整顿局面。

1932年，《西北新闻日报》为配合时政的需要，开始密切报道邵力子就任的消息。4月1日："3月23日甘肃旅居西安同乡，在甘肃会馆开会欢迎甘肃主席邵力子"。5月3日："盛传日久来甘之邵主席力子氏、邓主任宝珊氏（西安绥靖公署驻甘行署主任），定于昨日（二日）午抵兰。市民及各界人员，前往欢迎者共可一万人，熙熙攘攘，极为热烈……兰州市各商户门前，均悬挂国旗，表示欢迎，各街衢遍贴欢迎标语，上书'欢迎开发西北的邵主席''欢迎绥靖西北的邓主任'等字样，市民男女老幼，站立门外，一时途为之塞，东稍门外汽车路旁，扎有欢迎彩棚，旗帜飘扬，颇为壮观。"5月7日："甘肃省政府主席邵力子氏，暨民政厅长林竞、财政厅长谭克敏、建设厅长刘汝璠、教育厅长水梓，及省委邓宝珊、孙蔚如，于昨（6日）上午十时，在省府中山堂，举行宣誓就职典礼，党政各界、省府以下各机关、各法团首领以下及代表，观礼者约数百人。"邵到甘后忙于各种地方应酬，5月4日："中央陆军十七师参谋长张绍庭及十五旅旅长段象武，在五泉山左公祠欢宴邵（力子）主席、邓（宝珊）主任，孙（蔚如）宣慰使、马局长（公安局）华瑞等陪同。"5月11日："兰州浙江会馆启事，兹定于五月十二日十二时在本会馆开会欢迎邵主席、林厅长，并于下午二时公宴，以尽乡谊。凡我旅兰浙江同乡，届期一律先时到会。"

连日外出应酬、忙碌，邵力子将自己的印章遗失了，5月14日他在《西北新闻日报》刊登启事："力子于本月十一日下午外出，将随身携带之牙质地印章一枚遗失，文曰'邵印力子'，朱白各半（前两字为朱，后两字为白）。除另换新章钤用外，前章亟应登报作废，特此申明。如有人拾获该章，可径送省政府收发处查询，当具薄酬为谢。"6月初，他在国外留学的次子不幸去世，邵力子念及刚到甘肃，公务要紧，没有公开提及，此事被上海报纸报道，于是被甘肃省内知晓，6月24日《西北新闻日报》报道："邵主席次子志刚在意苦学积劳逝世。子志好学不倦，富有革命性，精治社会科学，通晓数国语文……（邵力子）念甫抵甘省，负责至重，故一切照常视事，既不欲为礼忏诵经等迷信之举，尤觉无劳友朋吊唁之必要，故在此绝未向人提及此事。"

公安新组建

　　清末，清政府推行宪政改革，在京师和各地设立巡警机构，成为近代警察建制的起源。1905年兰州成立全省巡警总局，1908年设巡警道，与巡警总局归并办理警务。入民国，巡警道先后改为省城警察厅、省会警察厅。民国十七年（1928年），根据内政部《各级公安局编制大纲》，甘肃省会警察厅改为省会公安局，隶属省民政厅领导，共有官警、夫役千余人。民国十八年（1929年）6月，冯玉祥西北军驻甘部队主力东移参加中原大战，省城防务空虚，省会公安局局长高振邦（即协助杨慕时购买荞权之人）奉命扩编警力，又增加保安警察700余人。民国二十年（1931年）11月，陕军孙蔚如入甘清除冯玉祥残余势力，高振邦率领警察参战，赴定西县协助"甘肃省保安总司令"雷中田抵抗陕军，鏖战十余昼夜，官警伤亡惨重。月底孙蔚如进抵兰州城下，高振邦及剩余警察溃散。省会公安局被陕军占驻，所有设施、装备、卷宗资料损失殆尽。12月，新组建的省民政厅接办警务，孙蔚如选聘马华瑞任省会公安局局长。马华瑞在原警察第一分局设址（位于部门街，今兰州市公安局原址，在武都路与酒泉路交叉西北处），重新招募官警，筹建组织。

警员重组，社会混乱，出现假冒警察招摇撞骗的情况，1932年1月11日《西北新闻日报》刊登省会安公安局启事："查连日市面有干公而身着便服者，有身着便服而假冒公干者。似此公私混淆，真伪莫辨，若不严加取缔，实属有碍公安。本局长有鉴于此，特为本局便衣工作人员及侦缉队，均发给稽查证，以资证明。除函达警备司令部及十七师（孙蔚如部队）军法处外，特再登报申明，希各界同胞，一体周知，勿为招摇者所欺骗。"

战乱方定，警察职位自是抢手，很快招募满员，1月2日《西北新闻日报》刊登马华瑞启事："华瑞不才，谬蒙委任省会公安局长，任事以来，夙夜警惕，虚心求教，凡各处友人所介绍同人，无不尽量收纳，悉数录用。兹以位置有限，介绍过多，大小缺均皆有位置。介绍书依然前来，以致鄙人为难，来者败兴，真堪报愧。此后惟望各友人特别原谅，勿再介绍则幸甚。"但求职者仍络绎不绝，此情况持续两月，3月6日马华瑞又登报："近蒙各方厚爱，介绍才俊，推贤荐能，厚爱良殷，自应设法安置，用达盛意。惟敝局范围太小，无从容纳，既难各个位置，又未一一裁答，辜负才能，良用嫌然。特登报申谢，一俟稍有机缘，再为专函聘请。"一月中旬，人员初具规模，局长马华瑞之下设秘书1人（高镜寰）、督察长1人（徐经济），机构有总务（傅权）、行政（安秉）、司法（李肇枥）、卫生（王大兴）四个科，督处、路处两个处，保安、消防（陈生荣）、侦缉（王立安）、骑巡、清洁、水上公安（刘汉卿）六个队。设五个分局：第一分局（关荣志）、第二分局（刘慕德）、第三分局（夏之年）、第四分局（张叔度）、第五分局（李銮山），各分局各设分派出所1处至3处，每所分驻派巡官1人、警长1人、警士10人，担负巡守勤务。附属机构有长警补习所、警捐征收所、拘留所、医疗所和济良所。全局有官警、夫役上千人。①

4月4日《西北新闻日报》刊登《甘肃省会公安局三月来整顿经过》："甘肃省会公安局，原设五区五队，历经前任逐端擘画，成就可观。乃自上年八月马雷（马文车、雷中田）倡乱以来，渐次破坏，十七师入甘戡乱，整队抵兰，所有武装及行政警察相率走散，存储军械，遗失一空，粮饷服装，化为乌有，街巷岗位，全成虚设。多年文卷，狼藉委弃，直无警察之雏形。十二月间孙委员长（孙蔚如），遴委马华瑞氏代理公安局长，即日视事。无警生，无器械，无粮石，无款项。原设机关，驻有军队，并办公地点而亦无之。马局长勉为其难，事虽属于接收，情实同于草创。先借第一分局地址设立总局，组织总务、行政、司法、卫生、四科及……。次则开诚布告，召集逃外之官警，仅得百数十人，另募五六百人，分派五分局服务。惟一钱不名，毫无给养，马局长后以私人名义，由商会借麦三十石，现洋千元，以资警食。……所有采购服装，修理器械，训练官警，整肃中山、南山各市场，开办医疗所，取缔土娼暗门，规定戏园、饭馆、栈房、

---

① 人员情况根据1932年1月22日《西北新闻日报》刊登公安局局务会议记录和《兰州市志·公安志》综合得来。

澡堂、理发馆营业规定，设置太平水桶，及垃圾箱，逐日洒扫街衢，每夜派官警梭巡僻巷，查窃缉盗，派检查员检查各户清洁卫生等事，无不极力进行。"

马华瑞到任以来确实勤勉，报纸也屡屡报道公安局日常工作：当时凡城市清洁（1月公安局布告市民清除粪溺需守定时，4月兰州市农会函省会公安局注重西菜市卫生）、医疗卫生（3月公安局布告市民宜及时种痘避免天花，5月公安局医疗所施种牛痘）、市政建设（4月公安局呈请提前大修黄河桥，兰市电灯电话局呈请公安局保护街灯，5月安局置换街口路灯）、市场物价（4月公安局严禁各商贩高抬物价，6月公安局规定人力车及马车夫车价）都归公安局办理，至于维护治安、惩治偷盗工作，更是分内职责。其上级部门民政厅对马华瑞予以嘉奖，6月15日《西北新闻日报》："省会公安局长马华瑞氏，自任事以来，热心从公，不敢稍懈。……民厅查核后，深为嘉许，特指令嘉奖曰：该局长对于警政，苦心孤诣，竭力维持，殊堪嘉尚，现值地方多故，仰仍黾勉将事，共济时艰。"

辦，以除隱智云。

甘肅省會公安局

呈請提前大修黃河橋

省府已准照小修經費估計候核

訪訊：省曾公安局，近以黃河鐵橋橋板多
已損壞，非另行撤換，不足以堅橋身，而料夾
通，特呈請省府撥費，提前大修，其原呈云：

呈為黃河鐵橋預算案條規定，
每三年大修一次，迤頃經費洋六千九，自民國
十九年大修迄後，雖未至大修年限，而橋板多
已朽爛，近年未換大修傍木，大半損壞，引另
行撤換，不足以堅橋身，且非提前修理，恐不
免發生危險，所需木料，螺釘，匠役工食
杜，工程既屬浩大，兼以現有米珠薪
桂，工價亦昂，較前增加數倍，若仍以六千元修理，實難完
此橋工，瞻局責任攸關，切實查勘，以補殿中安民度
，隨飭估工各員，按刻下生活程度，丁料價值，至少需款合萬
元以上，揆之原案，但乎超過，但今昔工科價
值，高低不一，森係實在情形，如知自下惠政
莫惟，全華視不言，誠恐於交通有礙，若必例
守舊工，展至三年期限，非到民國廿二...不能

1932 年 4 月 15 日《西北新聞日報》之《公安局呈請提前大修黃河橋》

主管新机构

　　甘肃教育馆向来由省政府直接管辖，到1932年5月，上级主管机构更换为甘肃省教育厅。

　　5月6日，新任省教育厅厅长水梓，与省政府主席邵力子一起宣誓就职。当时教育厅地址在内城西部的学院街上，位于中山市场以西。5月12日《西北新闻日报》报道水梓莅教育厅视事，他到任讲话："兄弟自去岁八月奉命后，再三恳辞，迨至政府任命邵主席主甘，兄弟又经面辞，均未邀准，只好勉为其难。今天既到这里视事，对于应付责任，当然无可诿卸，惟是甘肃情状，大家知道的，还许比我更透彻，将来这种难关，大家以为能打开，就能打开，我们都是这样希望，同时我们要继续努力，尤其我们个个人都要继续努力，而为厅长地位不过综其成而已，亦可以说是大家的公仆，还是要大家共同负责维持是！至于谈到整理甘肃教育，固为不容轻视的问题，我出京时，南京同乡，曾有谈及者；到了陕西，在陕同乡也有这样说的；及到了平凉，平凉的教育界，仍是这样的盼望。我对这种建议，很诚恳地接受，可是都用同一的答复，就是当这教育生命万分危急的时候，谈到怎样整理，及整理到某种程度，实在为期尚早，亦无从说起，因为教育不是粉饰太平的，不是装潢门面的，也不是求急功近效的，更不是不顾实际而重理想的，是应该按部就班，循序渐进的。"

水梓（1884—1973），字楚琴，甘肃兰州人。他是本地名人，著名教育家，桃李满陇原，擅书法精诗文，被誉为"陇上第一名流"。他24岁考入北京法政学堂，其间随民国政府教育部考察团赴欧美考察。法政学堂毕业后，回兰州任甘肃省立一中校长（学校成立于清末1902年，初名"甘肃高等学堂"，是甘肃近代史上第一所现代意义的中等学校），又任狄道县（今临洮县）县长、甘肃省代理秘书长、甘肃自治筹备处处长。

1932年2月2日，国民政府颁行《民众教育馆暂行规程》，其中规定，各省市及县市应分别设立民众教育馆，省立民众教育馆隶属于省教育厅。省市、县市应根据地方区域大小和经费情况，分等级设馆。水梓到任后，立即执行此规程。5月18日《西北新闻日报》报道："省政府第四次会议五月十七日上午十时举行，通过临时动议事项，教育厅厅长水梓提议，拟请将甘肃省教育馆划归教育厅管理，以符部令而资整顿案。决议通过。"该月，教育厅推出《甘肃教育厅普遍民众教育馆计划》（《甘肃省政府公报》第一卷第八九十期），计划分四期执行：

第一期　一、仰发　部颁民众教育馆暂行规程，令各县教育局以为普遍设立民众教育馆之根据。二、从速筹增全省教育经费，务须依照部定标准，使达全省教育经费总数百分之十至二十。三、令各县教育局，商承县长从速筹增全县教育经费，务须依照部定标准，使达全县教育经费总数百分之十五至二十，并以筹增确数，呈报教育厅备查。四、依照本省实际情形，分全省各县为左列四等：甲等县——社教经费较其他各县为最多，而数年内又毫无灾情者。乙等县——社教经费较其他各县为次多，而所受灾情较各县较轻；或社教经费较其他各县为次多，而所受灾情较重者。丙等县——社教经费较其他各县为较少，而所受灾情较重者。丁等县——社教经费较其他各县为最少，而所受灾情最重者。

第二期　五、先在省会依照部章，设立民众教育馆一处至三处。六、就甲等县，令各县教育局照章至少设立民众教育馆一处。

第三期　七、就乙等县，令各县教育局照章至少设立民众教育馆一处。八、就甲等县附属繁盛之市镇或乡村，照章设立民众教育馆一处。

第四期　九、就丙等县，令各县教育局照章至少设立民众教育馆一处。十、就乙等县附属繁盛之市镇或乡村，照章设立民众教育馆一处。第五期十一、就丁等县，令各县教育局照章至少设立民众教育馆一处。十二、就丙等县附属之市镇或乡村，照章设立民众教育馆一处。说明：每期距离时间，暂预定为半年。第一期自民国二十一年下半年起。

《甘肃省教育厅辖区内普遍设立民众教育馆各县等级一览表》：

甲等县共计八县：皋兰县、临洮县、靖远县、天水县、平凉县、武威县、张掖县、酒泉县。

乙等县共计九县：定西县、岷县、甘谷县、清水县、华亭县、庆阳县、泾川县、永登县、秦安县。

丙等县共计二十三县：临夏县、榆中县、陇西县、会宁县、西和县、徽县、礼县、武都县、成县、静宁县、崇信县、宁县、镇远县、灵台县、固原县、漳县、敦煌县、高台县、永昌县、民勤县、山丹县、临泽县、金塔县。

丁等县共计二十六县：红水县、和政县、洮沙县、永靖县、渭源县、临潭县、宁定县、夏河县、通渭县、武山县、两当县、康县、西固县、文县、隆德县、庄浪县、合水县、正宁县、环县、海原县、化平县、古浪县、东乡县、鼎新县、安西县、玉门县。

馆内新变化

首先是新招聘馆员。1932年2月29日《西北新闻日报》："省教育馆招考司事，及定期试验各节，曾志本报。兹悉该馆已试验揭晓，计及格者，张令义、金厚仲、王兆吉、孙述铭、顾凤海等五名。闻于日昨牌示该合格各员，速觅保人，缮具保证书，限三日内，来馆先行试用。俟一月后，再定去留。"

其次是新开放参观。3月4日报道："本市省立教育馆，自去岁八月政变以后（即前文所述雷马事变），因种种问题，馆长屡易，职员忙于办理交代，以致未克照常开放，供众游览。自董馆长（省府秘书董葆吾）接事后，积极整顿，不遗余力，所有各部室陈列物品，力求精美及艺术化，并备有棋弈、乒乓等项娱乐品，借供游览人士，工余消遣，兹闻该馆已定于本月七日照常开放。"

再次是新任命馆长。6月4日《西北新闻日报》报道："甘肃教育馆馆长一缺，历年均由省府秘书长兼任，客岁政变后，虚悬多日，负责乏人，迨孙宣慰使入甘，即委省府秘书董葆吾暂行代理。兹悉教厅昨日已委任张明卿（张懋东，字明卿）为教馆馆长。"因为教育馆的时代新属性，其馆长一职向来重要，由省政府直接任命、省府秘书兼任。虽然经此改革，馆长交由教育厅委任，但馆长职位还是炙手可热。馆长到位，馆员也随之配齐，馆长以下有职员 12 名（各部主任 4 名，司事 8 名），另有民众学校教员 7 名，其他非正式雇工若干。

最后是新更改馆名。6 月 21 日报道："甘肃省教育馆系前省长薛笃弼所创建，向由甘肃省政府直接管辖，自客岁雷马叛变后，该馆管理乏人，内部一切，因以废弛（此处应是道出了实情，之前报道董葆吾馆长不遗余力、积极整顿，恐是官话）。邵主席（力子）为切实整顿计，即提经省府会议通过，拨归教厅管辖。兹悉教厅为切实厉行中央发展社会教育之命令起见，更改馆名为'甘肃省立民众教育馆'。"

好了，让我们看看民国二十一年（1932 年）6 月 17 日（星期四）这一天的甘肃兰州：

甘肃刚经历"雷马事变"，社会秩序尚处恢复中。政府首脑邵力子，肩负着国民党统治甘肃的使命，初到省城，忙于应付公务，同时暗自感伤自己儿子的去世。

公安局局长马华瑞组建起新的警察队伍，刚刚获得上级肯定，欣喜之余，想把表面工作再做漂亮。

甘肃教育馆因战乱一度关闭，新招馆员、开放不久，其名称即将更改为"甘肃省立民众教育馆"。教育馆上级主管单位刚换成省教育厅，新任厅长水梓正忙于在全省普遍设立民众教育馆。教育馆新任馆长张懋东上任才十来天，还沉浸在任职喜悦中，正待熟悉馆内一切。

就在这天，出现了本书开头的一幕："本月十七日下午七钟忽发暴雨，雷电交加，甚为猛烈。当时广武门外王姓房内，有西北隅发现火球，在院内旋绕，将屋柱半节轰去无踪，旋即向东南飞去。此外并未伤其他什物，又闻墙壁上留有类似爪痕遗迹。"（6月19日《西北新闻日报》①）

---

　　① 在权衡失窃之夜，这则报道记录了罕见的神秘自然现象——球状闪电。球状闪电俗称滚地雷，通常发生在雷暴天气。形状接近球形，动态多变，直径为几厘米到几米不等，有时中空。存在时间短，一般为几秒，也可达几分钟。色彩多变，十分光亮，一般为红色、黄色，还有紫色、蓝色、亮白色、幽绿色等色彩。行踪不定，在近地空中飘浮，以每秒数米的速度运动，有时会悬浮，能穿过门、窗缝隙，通过烟囱进入室内。有时无声消失，有时碰到障碍物会爆炸，具有巨大的瞬间破坏力，造成人畜伤亡，建筑物毁坏，留下烧焦、硫磺或臭氧的气味。球状闪电能够摧毁遇到的任何障碍物，却又不烧坏周围可燃之物。中国最早明确的记录，是北宋年间沈括在《梦溪笔谈》中记录了他一位同僚的遭遇，其书卷二十《神奇》："内侍李舜举（北宋熙宁年间任内侍押班，元丰年间与沈括共同领兵抵御西夏军队）家曾为暴雷所震。其堂之西室，雷火自窗间出，赫然出檐，人以为堂屋已焚，皆出避之。及雷止，其舍宛然，墙壁窗纸皆黔。有一木格，其中杂贮诸器，其漆器银釦者，银悉镕流在地，漆器曾不焦灼。有一宝刀，极坚钢，就刀室中镕为汁，而室亦俨然。人必谓火当先焚草木，然后流金石，今乃金石皆铄，而草木无一毁者，非人情所测也。"球状闪电一度被认为是不明飞行物，成因一直没有合理、公认的解释。科幻作家刘慈欣在小说《球状闪电》中猜想，认为是宏观展开的电子。球状闪电的记录基本来自于目击证人，没有人拍摄到这一现象。2012年6月，中国科学家拍摄到视频，被公认为迄今为止自然界球状闪电的首次科学记录。当时，西北师范大学物理与电子工程学院袁萍教授带领科研小组，在青海省大通县一个偏僻村子拍摄自然闪电光谱，团队岑建勇博士的光谱设备意外记录下一个发光球。晚上九点多，天空出现一道强烈闪电，闪电打在小山上，伴随爆炸般的雷声，闪电消失后，一个光球从地面升起，直径约5米，持续时间1.64秒，在地上穿行15米，然后消失。光谱设备记录到球状闪电的颜色，最初是紫白色，然后橙白色，再为白色，最后像炭块充分燃烧时的红色。光谱设备分析构成球状闪电的主要元素，包含铁、硅和钙，这与土壤的主要成分相同。

狂猛的雷电暴雨之夜，兰州城昏天黑地。这一夜，在政府新势力上台、公安新机构组建、主管新单位更换、馆内新变化纷杂的一片"新"里，陈列在甘肃民众教育馆内的六件国宝新莽权衡，除最重的石权外，其余五件不翼而飞，离奇失窃。

追盗

1932 年 6 月 18 日—1933 年 9 月 24 日

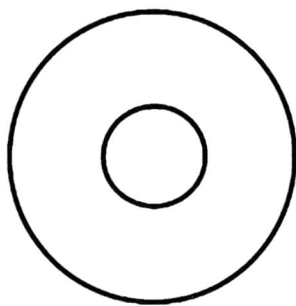

　　二钧权，新莽时期衡器部件。外径 21.55 厘米、内径 7.45 厘米，高 7.6 厘米，重 14774.5 克。外侧刻铭文"律二□，始建国元年正月癸酉朔日制"。结合该权重量与史料记载，铭文所缺字应为"钧"。

现场

　　甘肃民众教育馆每日上午十时开馆。1932 年 6 月 18 日清晨，雨后天晴，教育馆博物部下设史地室司事宋宗模①到馆上班。宋宗模到了他日常负责看管的场地，吃惊地发现，位于中院东侧史地室的门竟然虚掩着，门锁被扭开，窗户上方被人凿出一洞。他急忙推门进去查看，其余陈列文物都在，唯独新莽权衡杆（丈）、钩和三枚环权不见了踪影，一并失去的还有悬挂于墙壁的权衡器物说明图。宋宗模脑中一片空白，愣了一会儿，转身飞奔出去报告博物部部长和馆长张懋东。

　　张懋东得知此事，如昨夜霹雳又在耳边炸响，急速差人前往派出所报案。最近的派出所，是民众教育馆西边的省会公安局第二分局西城巷派出所（二分局管辖内城西部、北部，由南向北辖南府街、西城巷、木塔巷三个派出所），出门右转，跑数百米便到。西城巷派出所官警宋连章②立即出警查看。宋连章见国宝被

---

　　① 该人员名称出自 1932 年 7 月 31 日《西北新闻日报》。
　　② 该人员名称出自 1931 年 7 月《甘肃省政府公报》第一卷第八、九、十期。

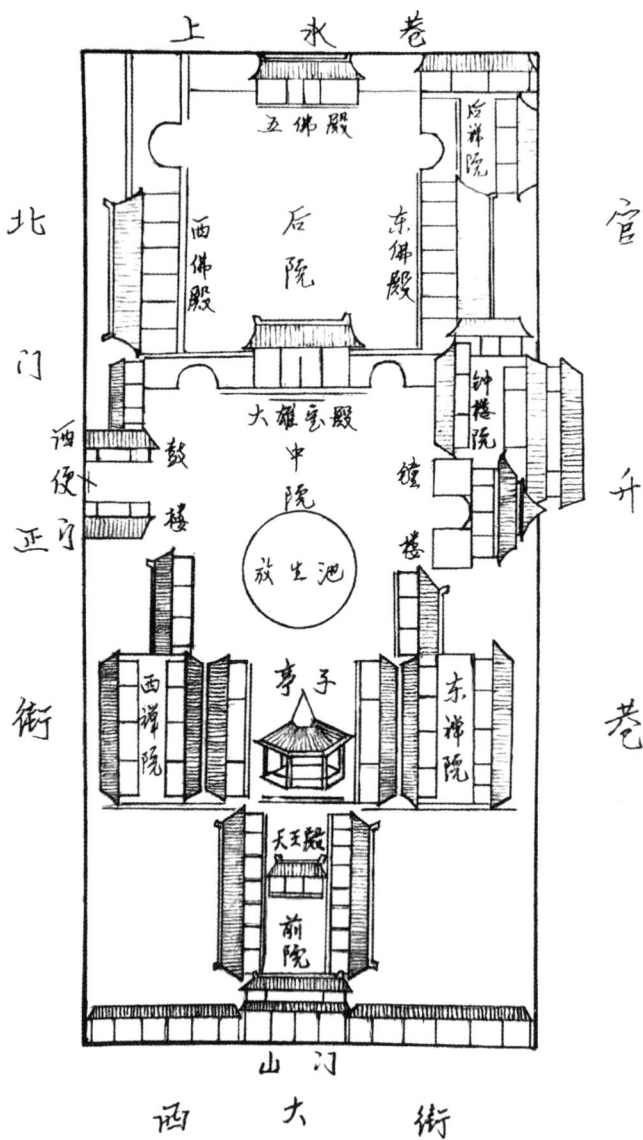

上水巷

北门正街

官升巷

西大街

五佛殿

后院

西佛殿

东佛殿

台禅院

钟楼院

大雄宝殿

中院

鼓楼

镜楼

放生池

西便门

西禅院

亭子

东禅院

天王殿

前院

山门

庄严寺全貌略图（1930 年前后）。陈建国绘

窃，事态严重，不敢擅自处理，迅速报告分局局长刘慕德，刘慕德随即报告省会公安局局长马华瑞。马华瑞心道不妙，赶忙亲率侦缉队员前往现场查看。

莽权原本放置在加锁的玻璃柜中展览，现玻璃柜中只剩一只大石权，玻璃柜并未损坏，只有锁被扔在地上，窃贼盗窃后关闭玻璃柜门，这说明偷盗者从容不迫。前夜大雨，院外泥土尚未干，但多人走动，地上脚印驳杂，需要仔细辨认。史地室的地上留有不少脚印，经过一夜已干透变为坚硬的庚泥。马华瑞一干人等对干泥足印进行勘察，结果显示有穿西式皮鞋者一人，雨鞋者一人，布鞋者至少三人。根据足迹判断，盗窃人数至少五人，这是团伙作案；从盗窃者所穿不同鞋子分析，该团伙成员可能于不同时间地点各自出发，聚于此地，其中穿雨鞋者应是晚七时雨后出行；史地室地面遗留两张"抗日决死团"演出新戏券，因馆内役工每日下班前均会打扫室内卫生，因此这两张戏券很可能是窃贼遗留之物。

史地室坐东朝西，后临官升巷。史地室门窗加固严密，不易破坏，西墙窗户上边约一人多高处被凿开一个窟窿，大小恰能容一人钻过，但这个洞往内遇到砌在墙里的石头，凿不进去，便放弃了。房檐边斜搭一根长木椽，可顺着攀爬至屋顶，木椽上留有足迹一处。这些似乎表明，窃贼先是从教育馆墙外攀上屋顶，放下准备好的木椽，沿椽子攀下屋顶，再在墙上打洞，打算通过洞口进入室内。但无奈凿洞不成，于是强行扭开门锁。待检查完整个民众教育馆，查得中院通往后院体育场的门锁也被扭开，此外再无破坏痕迹，全馆再未丢失其他物品。

马华瑞与警员分析这是盗贼故布疑阵，其目的是掩盖他们从正门出入教育馆和史地室的事实。史地室西墙虽有凿孔，但仔细查看之下，似是有人搬出室内的桌子站在上面开凿的。这个洞应是让人误以为窃贼是从此进入屋内，从而掩盖一开始就是从门口进入的实情。史地室的房檐下放置木橡，且留有脚印，警员上屋顶查看，有一排脚印通向北边后院戏院方向，没有发现屋顶东侧有明显行走的痕迹。即便窃贼通过屋顶出入，教育馆东侧房屋背靠官升巷，巷内大烟馆开设林立，若要走向史地室屋顶，必然经过一家家烟馆屋顶。彼时兰州的烟馆常年生意火爆，日夜烟雾缭绕，若有五六人携带权衡重物经过房上，不可能毫无动静，烟馆内伙计和烟客总会有所察觉，而警员挨家走访烟馆，得到的答复都是并未发现异常。①

综合以上情况分析，这是一起预谋周密的盗窃行动，窃贼

---

① 案发现场的详细情况，后世未见有任何专门的资料披露，现场描述系根据 1932 年各类报纸和《甘肃省政府公报》综合梳理而来。甘肃近代遭受鸦片毒害极深，清道光年间，鸦片输入甘肃。道光二十五年（1845 年），林则徐署理陕甘总督，严令禁止鸦片，翌年林则徐被发配伊犁戍边，禁烟运动夭折。此后甘肃成为国内鸦片种植大省，清末至民国，各政权虽颁布禁烟条令，但鸦片能带来大量税捐，因此甘肃各地鸦片依然盛行，城乡烟馆遍布。北洋政府执政时期，兰州有专营烟土"土膏店"二十余家，烟馆三百余家，其他各类商号多兼营烟土，有"无商不土"之说。西北军入甘，为筹措军费，放任鸦片种植，全省许多耕地改种鸦片，致使粮食产量连年下降，1929 年甘肃大饥荒与种植鸦片、产粮不足有直接关系。国民政府主甘时期情形照旧，到民国二十一年（1932 年），甘肃才成立禁烟督查公署，明面禁烟，但直至兰州解放前，全社会暗中种植、贩卖、吸食鸦片者不绝。

很可能有教育馆人员做内应，帮他们打开教育馆大门和史地室馆门，或者他们拥有开锁高手。马华瑞思虑，教育馆属教育厅管辖，而自己属民政厅管辖，隶属上级不同，不便直接传唤拘留教育馆人员，于是他决定先报告给上级，再做定夺。

同日，民众教育馆馆长张懋东向教育厅呈报："查昨夜上海抗日决死团在本馆国民戏院开会演剧，晚七时许，风雨交加，继以雷鸣，继十一时戏始停止，黎明查得馆内史地室门被扭开，室内陈列之新莽权衡秤杆、钩、大小权三枚，连同篆文图样，一并失去。"① 案发现场遗留上海抗日决死团戏票两张，张懋东说抗日决死团当晚在国民戏院（馆内后院）演剧至晚十一时，那么该剧团是否与窃案有所关联呢？

① 该报告出自《甘肃省政府公报》第一卷第八、九、十期。

上海青年抗日决死团

1931年"九一八事变"后，上海一批青年鉴于时局危难，为抗日救国，发起抗日组织，其中叶斌等人于1931年12月在上海闸北青云路成立"上海青年自愿决死抗日救国团"，后改称"上海青年抗日决死团"。该团成立后，赴全国各地开展抗日宣传。

1932年5月26日《西北新闻日报》报道：

> 皋兰社西安社电：上海青年抗日决死团西北宣传队一行八人，自出发以来，经南京、徐州、郑州、彰德、顺德、北平，折回至石庄、平定、榆次、太原、洛阳、陕州、潼关、华阴、华县、渭南、临潼等处，积极宣传，民气极为激昂。今因西安宣传公毕，以冀唤醒同胞，共赴抗日，嗣后由兰赴青海、新疆，转道（内）蒙古、绥远一带宣传。又闻该队新编《到前线去》新剧，将在兰表演，红氍毹（即红毛毯，代指舞台）上定有一番盛况。

此后，《西北新闻日报》对上海青年抗日决死团在兰活动进行持续报道。6月5日：

（上海青年抗日决死团）团员数人，业于昨（四日）午
十一时许，分乘大车数辆，到达抵兰，下榻省党部议厅东
楼，记者闻讯往访，即晤该团团长叶斌及各团员七八人，叩
以来兰任务及宣传实施方法与步骤。据叶答该团为积极促进
工作起见，拟于两三日内在各戏园做口头宣传，并扮演《到
前线去》新剧，以引起人民抗日救国之志气。

6月11日：

上海青年抗日决死团西北宣传队抵兰宣传倭奴蹂躏沪上
情形一节，业志前讯。兹悉该团拟假新舞台（即国民戏院，
在教育馆后院）举行扩大化妆宣传。

6月14日：

兹悉该团现定本月十六日起至十八日止，假新舞台化妆
宣传三天，并邀约本市名伶参加演剧助兴。

据此，6月17日莽权被盗之夜，正是该团在教育馆演出的
第二天。

那么上海青年抗日决死团与莽权失窃究竟有无关联？ 1932

年 6 月 20 日陕西《西安日报》刊登标题为《呜呼！抗日决死团，抗日乎？决死乎？窃盗乎？敛财乎？》的报道，可见兰州民众对该团涉嫌盗窃莽权的怀疑。此报道是目前已知甘肃省外最早关于莽权失窃的新闻报道：

> 本报兰州二十一日电：甘肃民众教育馆藏有新莽时代权衡，系乡民掘地所得。十八年春，杨慕时以八百元购于乡孺……陈列民众教育馆内，用供浏览。并为保重起见，闻防止甚密。日前雨后，被人窃去。据馆内负责人谈，权衡遗失后，多方侦查，见地下所留踪迹，为西式皮鞋鞋印，并遗有抗日决死团宣传新戏券两张。（本报兰州特约航快讯）上海青年抗日决死团西北宣传队自抵兰后，自本月十六日起假教育馆国民戏院（新舞台）化妆表演三日，并请兰州市男女名伶出演，共计印发戏票一千五百张，每张售洋一元，茶水在外，以此引起民众之怀疑，有某君曾以质疑之信一封，投问《民国日报》，当即揭载，以之触怒该队，团员七人同时驰赴报社质问，其势汹汹，异常气愤，经该社赵社长答以此系民众之疑问，报纸自有登载之责任，如贵团有所辩证，亦当照登。始行退出，现双方正在打笔墨官司。

7 月 8 日《西安日报》：

> 抗日决死团已于上月二十五日离兰西去，其与《民国日

嗚呼！抗日決死團

抗日乎？決死乎？竊盜乎？斂財乎？

本報蘭州（二十一日）訊：甘肅民眾教育館藏有新莽時代權衡，保存民國地所得。十八年春，楊慕時以八百元購於鄉濡，計衡一，鈞一，權一，衡高一寸二分，廣三寸二分，長一丈一尺三寸，卜有銘文曰黃帝初祖，德帀於虞，虞得始祖，德帀曉新，歲在大森，龍集戊辰，戊辰直定，天命有人，據上德受，正廈以爲，改正建丑，長蓑隆崇，同律度最，衡信當前，人頦在巳，已歲次始，抗初班，天下萬國～七十一字，以下頗要，鈞重三斤二兩，際一重一百三十四斤二兩，銘文與衡同，惟萬國下多永迠子子孫孫。率便健年十字，共八十一字，一重七十二斤，一有矢，傾律建定二空可辨，其四行，行四字。一直七斤，殘刻無字。一

1932 年 6 月 20 日《西安日报》之《呜呼！抗日决死团，抗日乎？决死乎？盗窃乎？敛财乎？》

报》之冲突，已无形消灭。其内容，初以该团长叶斌自称叶楚伧之侄，并负中央使命，着其沿途指导党务，后以交涉既起，（甘肃）省党部即电叶楚伧探其底蕴，经叶航空复函谓"并无此事，中央亦未命彼等指导党务，如有不法，请即法办"等语。省党部将此函示于该团，并逐其出部（该团此前一直住在省党部）。该团以黑幕既穿，自默然引退。兰垣各报以事属过去，为免纠葛计，均未登载。

《西安日报》提及"本报兰州特约航快讯"，该报使用西安与兰州间的航运开展快速采访报道，南京叶楚伧向甘肃省党部发航空信函，这个背景是兰州刚刚开通航运。

1931年国民党交通部与德国汉莎航空公司签订协议，合办欧亚航空公司（20世纪20年代，瑞典探险家斯文·赫定在中国新疆、西藏开展考察，发现了楼兰古城等一系列考古成就，由此赫定名声大振。德国汉莎航空正准备开通中德航线，于是邀请赫定考察沿途的地貌与气象条件。赫定与北洋政府协商，获准去中国西北进行其第五次中亚考察）。1932年5月，欧亚航空公司在兰州东郊拱星墩开辟机场，并开通航空运输。

欧亚航空公司当时每周三、周四有航班经兰州，该公司常在兰州报纸登广告，1932年广告内容为：

《欧亚航空公司京兰及京平时间表》

星期二 北平七点开；洛阳十一点半到，十二点半开；

南京下午四点半到。

星期三　南京七点开；洛阳十一点半到，十二点半开；西安下午二点到，二点半开；兰州下午六点到。

星期四　兰州七点开；西安十点半到，十一点开；洛阳下午一点到，一点半开；南京下午六点到。

星期五　南京七点开；洛阳十一点半到，十二点开；北平下午四点半到。

注意：

一、由兰州至西安乘客票价二百三十元，至洛阳三百零五元，至南京或北平四百零五元。

二、乘客随身免费行李以十公斤为限。

三、行李超过额定重量，每公斤按票价百分之一十五收费，不及一公斤者按一公斤计算。

四、货运每百公斤按客票一个半收费，一公斤起码。

五、本表时刻以首都钟点为准，比兰州约快一点钟。

甘肃报纸对上海青年抗日决死团的情况再无过多报道，只有《西北新闻日报》的两条内容。6月24日：

上海青年抗日决死团西北宣传队定于今日（二十四）下午三时在杏花春欢宴宾客，届时当有一番盛况。

8月16日：

皋兰社青海专讯：上海青年抗日决死团，此间禁止宣传，驱逐离青。闻现已束装，将赴武威矣。

上海青年抗日决死团在兰州演出的最初三天，票价每张售银洋一元，确实偏高（1932 年 9 月，甘肃第一家民营电影院"新民电影院"在教育馆设立，电影票价根据座位不同分档计价，平均价格银洋六角），但经观众异议，后来演出就改为免票了。关于该团是否盗借国民党政要名义在地方获取好处，仅凭《西安日报》一则报道略显证据不足，但有这样一个印象在前，民众自然会怀疑是否有该团人员参与盗窃。现在留存资料未有证明该团人员参与盗窃，但盗宝人曾借观看该团新剧《到前线去》之机踩点教育馆史地室并谋划盗窃这一点确定无疑。只是追盗需要讲证据而非好恶，没有更多的证据表明上海青年抗日决死团参与此案，他们在全国多地宣传抗日，时局混乱，青年人漂泊不易，宣传抗日的同时也需要生存，于此当肯定其行动的正面意义。

无论如何，通过上海青年抗日决死团去追查被盗的莽权，这条线索中断了。

悬赏与咨文

莽权被盗成为兰州乃至西北地区的大新闻，一时间民议沸腾。一晃半月，案件无甚进展。6 月 23 日民众教育馆曾印发权衡图样，发出布告悬赏缉购，到 7 月 2 日，《西北新闻日报》刊登省会公安局悬赏新闻：

省民众教育馆于日前遗失新莽权衡及悬赏侦缉各节，迭志本报。仔细邵主席（力子）以新莽权衡一物，历年最久，颇具有历史上考究之价值，特于日前谕饬省会公安局，严加侦缉，并规定缉获酬金，计将窃贼及失物俱获者，酬洋三千元。侦知失物所在地而报信寻获者，酬洋五百元。省公安局奉命后，已于昨日布告各界周知矣。

7 月 12 日《西安日报》也转载此报道，标题为《甘肃省公安局侦缉莽权盗，悬赏三千元》。大洋三千元对于公安局来说是笔大金额，当时黄河铁桥（中山桥）维护修理归公安局负责，每三年大修一次，预算经费也不过大洋六千元。

省会公安局局长马华瑞就此事件接受了专访，7月5日《西北新闻日报》中《莽权被盗内幕之窥讨》一文对专访进行刊载：

兰州民众教育馆，保存其具有重大历史价值之莽权，于上月十七日夜，大雨滂沱中遗失。消息传出，兰垣人士莫不震骇，咸盼贼赃两获。但时已多日，尚未得讯，震骇者又转为惊疑，遂至谣言纷起，乱人听闻。记者以莽权既具历史价值，又值此统一全国度量衡之际，其可供参考之处甚多。特于昨日亲访省会公安局局长马华瑞，叩以遗失情形，及侦缉结果，蒙马氏一一见答，兹志于下：……

记者问：五六人如此安闲寂静，如取家藏，教育馆何无一人惊觉？

马答：教育馆自馆长以下，除办公时间外，无一人在馆，何得有人惊觉。

问：无论如何，总有役夫在馆，何不考问？

答：教育馆直属教厅，本局实难处理。

问：侦缉结果如何？

答：予对于考古虽无所能，然爱护历史作品，不敢后人；况身负公安责任，何敢忽视。故由教育馆回局，即严令各局及侦探队稽查，并出资觅有侦探技能人员侦查，先后用去侦探费六七百元。但至今尚未结果。殊深抱歉。莽权失后，予曾亲向邵（力子）主席请示，主席面令予负责处理。窃权之贼，绝非小偷，公安局职权有限，此亦不能即日寻获

省會公安局佈告
懸賞偵緝「新莽權衡」
▲人贓俱緝獲者賞洋三千元

訪訊：省民眾教育館於日前，遺失新莽權衡及懸賞偵緝各節，迄誌本報，茲悉邵主席以新莽權衡一物，歷年最久，顧其有歷史上考究之價值，特於日前諭飭省會公安局，嚴加偵緝，並規定緝獲酬金，計將竊賊及失物俱陸者，酬洋三千元，偵知失物所在地面報信尋獲者，酬洋五百元，省公安局奉命後，已於昨日佈告各界週知矣。

1932 年 7 月 2 日《西北新闻日报》之
《公安局布告悬赏征集新莽权衡》

甘省公安局
偵緝莽權盜
懸賞三千元

（本報蘭州特約航快訊）甘肅省民眾教育館，自將新莽權衡遺失之後，公安局即各方偵緝，終未究獲。此間邵主席以莽權一物，歷時最久，具有歷史考究之價值，特於日前責成省會公安局長馬□瑞，嚴加偵緝，並規定緝獲酬金，計將人贓具獅者，酬洋叁千元。報告失物所在因面緝獲者，酬洋五百元。該局奉令後，已於日前發出佈告嚴加偵緝矣。

1932 年 7 月 12 日《西安日报》之
《甘肃省公安局侦缉莽权盗，悬赏三千元》

之一原因也。

问：莽权具有历史价值，当局作何表示？

答：邵主席不欲重扰人民，嘱予斟酌办理。民厅亦只有搜查公文，事虽与教厅有直接关系，但教厅亦无任何指示。

问：何不直电津沪陕宁各地搜查，并通知军队在各卡口严密检验？

马未答。适其科员呈阅公文，记者遂与辞而退。马送至门外，握手时面有忧色。

该报道形象生动，既体现了马华瑞的忧虑和努力，也体现了公安局与教育厅之间的推诿。经过"面谕""函请"等程序，公安局传唤到教育馆职员，7月31日《西北新闻日报》刊登公安局呈报省府问讯莽权经过：

省府据省会公安局长马华瑞，呈请主席面谕，以前民众教育馆被盗窃去新莽权衡秤杆等物一案，函请教育厅长，将前项负责员役姓名开单送局，以便讯报，旋准教育厅长送偕教育馆馆长张懋东、史地室司事宋宗模、更夫齐登善、茶房杨占元等四名到局，详加问讯。据该馆馆长张懋东供，有可注意者两点：在体育场，树根堆积土块中检查出铁钉锤一把，此锤铁柄，柄尖双岔，绝非平常人所用之物。已将检出之小铁钉锤，即交侦缉队带去。二是六月十七日午前，有外国人四人来馆参馆，对于新莽权衡讯问甚详，夜间即被窃，不能无疑。末谓甘肃发现此种古物，颇具历史研究之价值，馆长接事数日，防范不周，被盗窃去，咎实难辞等语。

馆长在审讯中提供了两条重要线索，一是发现了后院体育场（此前勘察门被扭开）土块中有一把形状特殊的铁锤，根据描述的形状，似乎像现在普遍使用的羊角锤，当时应不是普及之物。铁锤无具体记录，也可能是某种特种锤。若此物果为窃贼使用，那窃贼应非寻常之辈。二是莽权失窃当天午前有四个外国人来参观，并详细询问莽权。但外国人本就引人注意，若此四人参观当天就谋划盗窃，并于当晚悄无声息地成功得手，从现场侦查结果推测出"窃贼计划周密"，恐怕不是此四人所为。

公安局又讯问了馆内巡逻的更夫、看门的茶房，都没有问出线索。总之，馆内人员即便不是真与窃贼串通，也是疏于职守。而公安局负责街面治安，工作亦有疏漏。1931年4月1日，《西北新闻日报》报道：

甘肃近数年来，政治局面四分五裂，军阀割据，互相仇视，明争暗斗到处可发。是以省会市面，一夕数警，天至傍晚，行人即渐渐稀少。自客冬中央军（即孙蔚如十七军）入甘以来，军事统一，人心大安，市面行人，拥挤异常，至晚间八时许，往来不绝。甘肃省会公安局恐不肖之徒乘机混迹，为防患未然起见，特于每晚二炮后^①，各街巷口，加派岗警，对于往来行人，必须携带某机关或商号住家之证明标记，方准自由通过。遇有形迹可疑者，即由该岗警同赴往来地点，以兹证明。又鉴于市面路灯，过去仅三四百支，于行人多特不便，于治安亦生影响。故又决定于各街巷口，增设路灯二百盏。

公安局称近半年来已加强夜间巡查，但在 6 月 17 日夜晚，街头巡警因雷电暴雨，没有察觉地处闹市的教育馆被窃，实在是百密一疏。

此案发生后，上下关注，省政府主席亲自督促，公安局追侦半月，用去六七百元费用，案情也无进展，公安局只得动用一些非常手段。

20 世纪 30 年代的甘肃连年饥荒，军阀乱战，兰州作为甘肃省会，各地灾民和散兵游勇聚集日众，成为社会最底层贫民，其中一些人为了苟活于此，被迫铤而走险，以盗窃、抢劫、行骗求生，这是各类案件发生的根本原因。当时兰州甚至形成了不同门类的黑社会组织，"从事"抢劫、盗窃等统称为"吃生意的"，而

① 兰州原有每日号炮报时制度。清代，陕甘总督衙门前辕门置一尊铁炮，内装火药，填黄土，点燃发出巨响，声震十里。清代一天放五次炮：晚七点头炮，夜十一点双响二炮，子夜零点子炮，凌晨五点醒炮，正午十二点午炮。入民国，一天放三炮：黎明五六点醒炮，中午十二点午炮，入夜八九点二炮。二炮后，全城城门，各街巷口木栅门一律关锁。中华人民共和国成立后只保留放午炮，1955年号炮移至黄河北白塔山，只在过年放炮。1957年号炮制度废除。

吃盗窃生意的都拜一个"码头"，即洪帮白老五这个"锤把"（头头）。白老五住在鹅毛巷，全城绝大部分小偷受他控制，若有外地人来兰州吃盗窃生意，先要向白老五报到，再在指定地点活动，违者一经发现就会被驱逐，严重者会被上私刑，甚至直接"抛错"（装入麻袋抛入黄河）。"码头"有规矩：偷盗得手后要报给"锤把"知道，待过几天后，才能决定是"吃"还是"吐"，必须吐出的，是有权势人家失窃后追寻的财物。1930年，白老五去世，"码头"解体，兰州的小偷分成五个"把子"，但基本的规矩仍然延续。当时警察对黑行控制严密，要求每个"把子"成员都要在刑警队登记备案，有的登记表上还贴有本人照片。这样，如遇到重大案件，警方可通过官方渠道和黑行渠道同时侦破。此次莽权被盗，非同寻常，刑警问遍城内把子头，把子头问遍众小偷，竟然毫无所获。

不排除窃贼将盗来宝物就地出手的可能，警察又查遍旧货业，同样没有收获。民国时期，警察机构将典当行、古玩铺等视同旧货业，按特种营业管理。1932年4月，国民党在甘肃执政后，公安局规定凡经营旧货业者，应于开张十日前详细填写铺东或经理人姓名、籍贯、住址、营业种类、店址、资本数目、伙计及雇工人数等情况，呈报所管警察机关查明转呈省会公安局，公安局核准发给开张执照后方得营业。经营者须备有货物收售、寄售登记簿，如实登记物主姓名、住址、货物名称、数量、价值、收售日期等，逐日呈报所管分局备案；收买、寄售较贵重值钱货物，须经所管警察机关派员查验后始准转卖或变卖；遇来历不明及可疑物品，须详细盘问，并及时报告警察机关；收买或寄售货物，查明如系盗窃、遗失之物，应准物主照原价收回；属重要文物、古物，则依《古物保存法》办理。

通过警察严格把控的黑行及旧货行查寻被盗的莽权，这条最有希望的路子，也就此中断。

省政府眼看公安局半个月破不了案，重金悬赏亦是无果，深觉国宝若被外运他省甚至偷运出国，届时再难追寻，7月4日，省政府向全国各省市尤其是沿海各省市发去咨文《咨各省府甘肃省立民众教育馆莽权被窃请饬属协缉以重古物》：

> 案查前据教育厅厅长水梓呈称……（甘肃省立民众教育馆）陈列之新莽权衡秤杆、钩、大小权三枚，连同篆文图样，一并失去，……省城各机关认真查缉，并遵令悬赏购缉在案；时逾旬日，迄未弋获。馆长甫经接事，防范不周，咎固难辞，惟此物一日不获，实觉一日不安，自应呈请各省查缉，或可希望贼赃俱获，……俯准转咨各省府暨各海关，饬属严缉以重古物，而免偷运出洋。……新莽权衡，系数千年古物，颇具历史上研究价值，一旦被贼窃去，殊深痛惜！除指令并分咨各省市政府暨通令各县政府严密查缉外，相应检同图说，咨请查照！转饬所属各机关，一体协缉，而免潜运出洋，并希见复，至纫公谊！

连连悬赏、全国咨文之下，莽权案仍无进展。民间议论纷

甘肃省立民众教育馆陈列之新莽衡杆图

▲呈各省政府甘肃省立民众教育馆莽权被窃请防属协缉以重古物

甘肃省政府咨

《甘肃省政府公报》咨文与附图。此图中没有铜衡与九斤权，因实物当时在北平

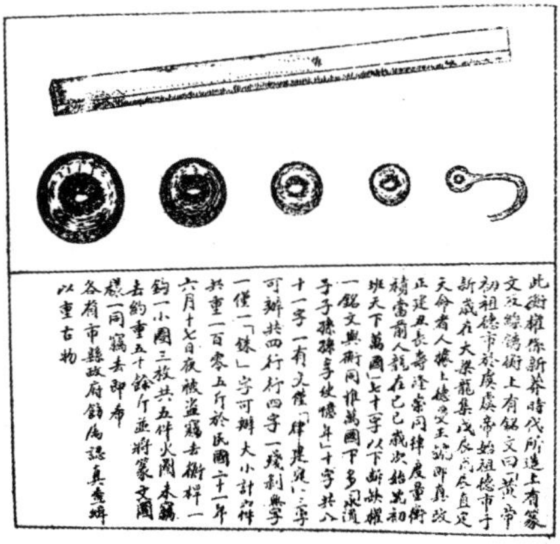

纷，传言四起，各种消息真假难辨，甚至报纸也开始报道捕风捉影的消息，7月12日《西北新闻日报》刊标题为《新莽权衡有觅获说》新闻：

> 兹据皋兰社讯：谓据东路来客谈，新莽权衡于日前由汽车运至定西、会宁交界处，被马如仓所劫。马以不视新莽权衡为何物，故将汽车拉去，莽权弃于僻野，被当地民人所获。闻现已呈报省府，惟莽权尚未运兰。又讯：新莽权衡有在宁夏被获说。两说谁是，俟探明续志。

报道内容煞有介事，但莽权仍无所踪。甚至在几年以后还有传闻，中国度量衡学会1936年4月编辑出版《度量衡同志》季刊总第18期《莽权得失之别闻》一文说：

> 据事后有人调查所得之结果，系在某夜，皮鞋革履者六七人，逾垣潜入民众教育馆，偷启门锁而将莽权由汽车装至飞机场，因值雨夜，次日故泥途中留下痕迹，始被人发现秘密也。甘人虽曾表示愤慨，各报亦多披露此事，然因内情重大牵连过多，终未能彻底查究，以迄水落石出也。据外间所传，莽权确已由飞机载沪，售予洋商价值约四十万元以上。

当下政府无奈，决定处理相关人员，以此平息巨大的社会舆论，给民众一个交代。

惩处

1932 年 7 月 13 日《西北新闻日报》报道：

兹悉省府以权衡遗失，教育馆负责人不能辞咎，特于昨日饬公安局长马华瑞氏，将负责人拿局惩办。闻马氏奉令后，现已函请教育厅，迅将教育馆馆长以下夫役以上人员，押送公安局，听候惩治云。

7 月 31 日又报：

省府据省会公安局长马华瑞呈请主席面谕，以前民众教育馆被盗窃去新莽权衡秤杆等物一案，省府除指令马局长仍负责严密侦查，务期破获外，并令教育厅以该馆人员平时未加注意，以致重要古物被人窃去，实难辞疏忽之咎，着即分别拟惩，并责令认真查追，具报查考。

8 月 19 日，报载具体惩处结果：

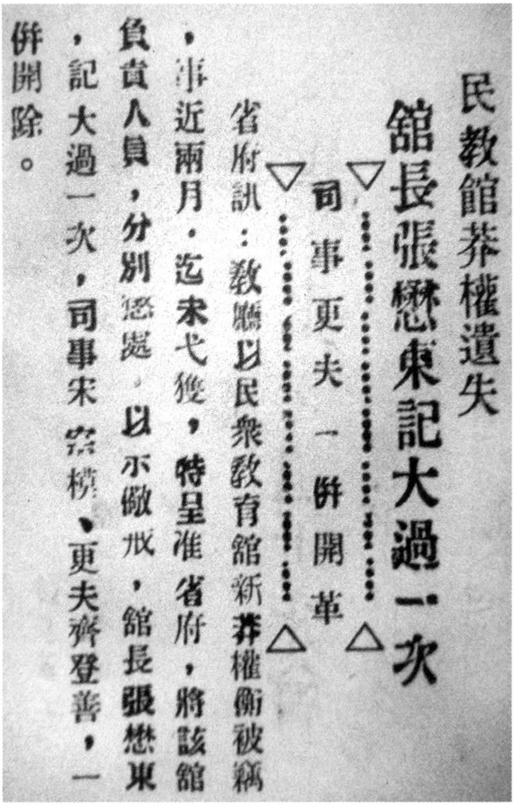

民教館莽權遺失

舘長張懋東記大過一次

▽▽ 司事更夫一併開革 △△

省府訊：教廳以民衆教育舘新莽權衙被竊事近兩月．迄未弋獲，特呈准省府，將該舘負責人員，分別懲戒．以示儆戒．舘長張懋東，記大過一次，司事宋宏模、更夫齊登善，一併開除。

1932 年 8 月 19 日《西北新闻日报》之
《民教馆莽权遗失馆长记大过》

省府讯：教厅以民众教育馆新莽权衡被窃，事近两月，迄未弋获，特呈准省府，将该馆负责人员，分别惩处，以示敬戒。馆长张懋东，记大过一次，司事宋宗模、更夫齐登善，一并开除。

通过拘留审讯教育馆涉事人员追查莽权的线索，没了希望。因莽权而受牵连的还有教育馆内的新舞台戏园。7月3日《西北新闻日报》刊：

新舞台戏园，向在教育馆演戏，自莽权失遗后，即停止营业。该园近因生活无法维持，于日前请教厅，准仍在教育馆营业，闻教厅以莽权迄今尚未觅获，未准所请。

只看此则报道，我们可能以为教厅和教育馆因莽权遗失，加强馆内管理，控制人流量大的经营场所，故不许新舞台开业，但前几日的6月23日报纸刊：

省民众教育馆近为使一般游人便利茶话、增加兴趣起见，拟在该馆体育场内中山亭，招商设民众茶园一处。闻现正在进行中。

由此分析，教厅和教育馆很可能怀疑新舞台人员参与盗窃（莽权失窃当晚，新舞台为上海青年抗日决死团提供场地，演出至晚十一点），但教育馆没有确凿证据，于是拖着不许其开业。停业大半月，新舞台决定搬迁，并开始选择新址，进行装修，7月13日《西北新闻日报》刊登广告《新舞台迁移地址》：

> 敬启者：鄙园旧址原在教育馆，因天气炎热，园址狭小，迁移山字石皖江春，鄙园经理不惜重金重新修理，不日即行开演，先此告白。经理谨白。

自古商家重新创业，总有一些难言的内幕。通过新舞台戏园去查寻被盗的莽权，这条线索也没有进展了。

时间过去将近一月，莽权仍无音讯。省府大事化小，惩处相关人员，公安局追盗的事情就小事化了，被搁置起来。民众教育馆于8月举行暑期书画展览会，9月筹设民众问字处。夏日炎热，省府通令各机关组织捕蝇团（这是历年惯例），9月《西北新闻日报》报道：

> （兰州）决议举行全市捕蝇运动，并由公安局督促各家户各饭馆各瓜果摊每日捕蝇十万，各机关每日捕蝇一千，均交由该局考核。现公安局已于本月五日交蝇十万，各机关尚未实行。

这个月，省府院内突然起火，马华瑞率消防队警兵拽吸水龙驰救，查起火之原因，系包做门板之木匠乔学敏，不加小心致火种延烧，公安局自然严加惩办。

此后一年，甘肃政局又发生一些变化：1933 年 1 月，省政府主席邵力子因甘肃地方派系斗争复杂，穷于应付，调离兰州去了南京，主席职务由邓宝珊①暂代。因邓是甘肃知名人士，蒋恐其把控甘肃政局，后调朱绍良接任甘肃省主席。朱系蒋介石亲信，1933 年 7 月到甘肃后，以儒将风度自居，确定治甘施政方针为"安定中求进步"，笼络甘肃地方官绅，政局进入一段平稳期。

政局与社会暂时平静的甘肃，许多人开始淡忘被窃的权衡。八件莽权，只剩石权独自存于甘肃民众教育馆。在一个个漆黑的夜里，可能只有目睹窃案却不能人言的孤独的石权，会想念它的兄弟们。

---

① 邓宝珊（1894—1968），单名瑜，字宝珊，甘肃天水人。早年参加同盟会，辛亥革命时参加新疆伊犁起义。1924 年任国民二军师长，后成为西北军的重要将领，冯玉祥评价他"智勇兼备，忠诚热毅，在朋友中首屈一指"。1931 年陕军孙蔚如入甘后，与地方军发生不少矛盾，邓宝珊是甘肃籍的陕军将领，又人情练达，杨虎城力荐他入甘调解，稳定局面。邓宝珊于 1932 年出任西安绥靖公署驻甘行署主任，主管军事，与邵力子联袂到甘肃任职。甘肃兵祸接连数年，民生凋敝，邓宝珊决计不扩一兵，争取和平环境，以利百姓养息，并与邵力子建立良好合作关系。

扣留

1933 年 9 月—1934 年 1 月

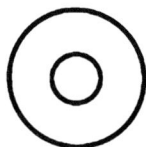

　　九斤权，新莽时期衡器部件。外径 10.42 厘米、内径 3.34 厘米，高 6.5 厘米，重 2222.8 克。外侧刻铭文"律九斤，始建国元年正月癸酉朔日制"。

"做梦也想不到的事"

北国的兰州，四季分明。"虹桥春涨"，每逢春天，阿干河水涨起，奔涌城西卧桥之下，浪涛轰鸣，水雾氤氲，桥似一弯彩虹，横卧云奔烟缈的黄河支流之上。"莲池夜月"，到了夏天，西郊小西湖楼台亭榭，莲叶田田，静夜荡舟，芦荻如帐，蛙声一片，无上清凉。"兰山烟雨"，时值金秋，凉雨飘洒，城南皋兰山巍峨耸峙，山巅云翻雾滚，山腰山岚缠绕。"河楼远眺"，到了冬天，黄河结冰，一场冬雪，登上城北城墙上的望河楼，天地皆白，黄河奔流的气势凝固眼前。莽权失窃以来，兰州经历着这样风景的轮回。

莽权的身世，总是充满传奇色彩。自莽权失窃一年多后，1933 年 9 月 29 日，《西北日报》①突发报道《"莽权"有下落，乘槎西渡而未得》，又一次震动兰垣：

---

① 1933 年 9 月，《西北新闻日报》改名为《西北日报》，作为国民政府的机关报。

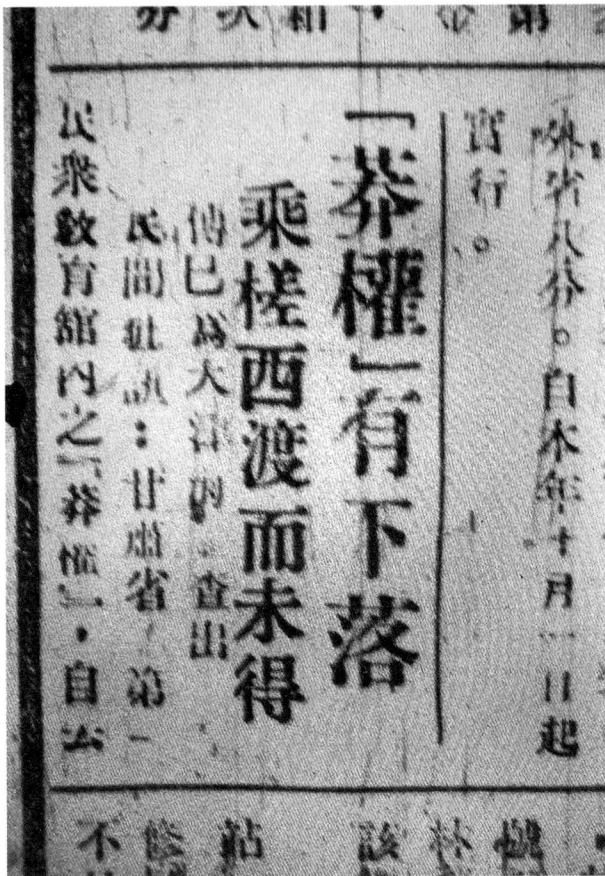

1933 年 9 月 29 日《西北日报》之《 "莽权" 有下落》

民间社讯：民众教育馆内之莽权，自去岁六月间被窃后，舆论哗然，均谓此种珍品，识者殊鲜，何来此贼，盗窃以去乎？当时一般人对此案之发生，颇多悬揣，而学术界亦为此物深表无限之惋惜，佥为此物既入贼手，必卖于外人，而非我国所有矣。乃近闻此权在天津有名高灿章者，售于翟捷三一说，由海关出洋，被海关当局查获。该高、翟二人，现均拘留，并闻将查获情形，电告于此间省政府矣。果尔，则此珍品，将来或可归赵，而此盗案究竟于最短时期亦可揭穿，为一般人所共知。详情究如何，盼各界静候佳音之再报。

此前各种莽权觅获传言都不属实，而这一次，确是真的被查获了！

10月1日，《西北日报》以《莽权无恙！归欤归欤！》为标题，《甘肃民国日报》以《莽权确在天津查获，朱电张继查窃犯》为标题，刊登中央古物保管委员会主任张继致朱绍良、邓宝珊的电报以及朱绍良的复电：

来电：

兰州朱主席一民兄、邓宝珊兄钧鉴：贵省教育厅失窃莽权五件，经古物保管委员会北平分会在天津查获，提会暂存。售物人高灿章、古玩商翟捷三均押津公安局。何如办理，盼电复。张继敬叩。

复电：

莾權

確在津查獲

朱電張繼查竊犯

民閒社甘訊、被竊莾權、在津查獲、節業誌昨報、茲將北平張溥泉致朱（一民）鄧（寶珊）電及省復電、分誌於後、

▲來電▲蘭州朱主席一民兄鄧寶珊兄均鑒、貴省教育館失竊莾權五件、已由古物保管委員會北平分會、在天津查獲・提會暫存、售物人高燦章、古玩商翟提三、已押津公安局、如何辦理、盼電復、張繼敬叩、

▲復電▲北平分會轉張溥泉先生勛鑒、敬電奉悉、莾權五件、已承北平古物管分會、在津查獲、甚爲感謝、惟售物人高燦章、古玩商翟提三等、務乞轉囑津公安局徹底查訊、究係何人所竊・電示爲覆、至該物仍請暫存分會、容務再派員往領可也、弟朱紹良叩感印、

1933 年 10 月 1 日《甘肃国民日报》之《莾权确在津查获》

北平分会转张溥泉先生勋鉴：敬电奉悉，莽权五件，已呈北平古物管分会在津查获，甚为感谢。惟售物人高灿章、古玩商翟捷三等，务乞转嘱津公安局彻底查讯，究系何人所窃，电示为盼。至该件仍请暂存分会，容后再派员往领可也。弟朱绍良叩，感印。

邓宝珊关爱乡梓，此前他电请古物保管委员会北平分会在北平、天津等地加强协查，现在终于有了消息。两份电报将查获莽权的情况大致交代清楚：甘肃民众教育馆被窃的五件莽权全部被找到，发现地点在天津，由中央古物保管委员会北平分会查获，并提至北平分会暂为保管。天津公安局已扣押盗窃嫌疑人高灿章、翟捷三。甘肃省政府希望天津公安局彻查盗窃案，同时将派员前往古物保管委员会北平分会领取五件莽权。

莽权失而复得，兰州民众的心情却是悲喜交集。10月6日《西北日报》刊登署名晓帆的文章《由莽权查获说起》：

在报上看见本省教育馆内失去的莽权又在天津查获了，我辈闻之，欣喜将为何如耶？犹记得在去年莽权被窃之初，公安局、教育馆皆悬赏追缉，一时街头巷尾，议论纷纷，都当作一件大事似的。后来还引起教育馆职员总辞职的一幕悲剧。不料过了一年，今日竟在天津查获，这真是做梦也想不到的事呢！

可是诸位也不要怎样的欢喜。莽权不过是一件有价值的古物，究竟还不十分切要于国计民生，就是真真失去了也没有多大的要紧。如果我们看一看在十七、八年间，因为被强人劫夺去了我们人民的食粮财物的缘故，以致饿死了我们多少的小民；逼得许多莠民去做土匪，又杀坏了我们多少的小民。本来是安静平稳的农村城市，结果弄得破碎不堪。比较起来这又是多么大的一笔损失呵！然而我们向谁去算账呢？这一个窃取我们无数生命财产的大贼，又有谁把贼捉来依法办罪呢？那只有天知道了！

如果我认为偷去莽权的是个盗卖古物贼贩，应当办罪以示惩戒，那故宫博物院的古物案已经调查明白了，而且人犯也有了，那又当怎样办理呢？呵，呵，记起了：莽权被窃之后，西北新闻社的记者去访问公安局长，那时的局长说："案情重大，公安局权职有限……"此之谓矣！有人说，中国是个矛盾的国家，社会是个矛盾的社会，我于此找到了真凭实据。

莽权的失去，确实是又一幕新上演的"窃钩者诛，窃国者诸侯"历史剧。晓帆所提故宫事，也是当时一件文物大案。"九一八事变"后，北平故宫博物院部分古物运往上海，故宫博物院院长易培基和秘书长李宗侗被指控借机盗卖文物。1933年9月14日《甘肃民国日报》刊《故宫弊案查得证据》：

江宁法院首席检察官孙绍康、检察官杨文滨来平，侦查故宫弊案，一、金器，向收买十六家金店查账簿。二、绣货，询各大绸缎店有无收进。三、皮货，向各皮局调查调换情形。四、账目发单，与故宫及与交易之商肆彻查。均得证据。

数年后证明，此案为冤案，但当时兰州的这位晓帆先生并无从知晓真情。

莽权到底如何被查获，甘肃方面的报纸只说了大概情况，没有关于细节的报道。具体情况需要我们离开甘肃省的视野，把目光投向远在北平的中央古物保管委员会北平分会。

古物保管委员会1935年出版的《古物保管委员会工作汇报》中有一篇《扣留莽权之始末》，详细陈述了他们经办案件的情况。此报开篇简述了莽权的出土情况，并称"该批古物，合诸故宫博物院旧藏新嘉量，不独可以明瞭新莽时代度量衡制度精密整齐；即其形制亦足证诸汉志，实为古器中珍宝，于考古学上裨益良多"。又记录了莽权被转售和被杨慕时捐赠陈列情况，报告撰写人在此处客观记录了杨慕时对保护莽权的历史贡献。报告接着记录莽权追缉始末：

其后被奸人窃去权三件，钩一件，柱一件。至二十二年夏本会北平分会侦知被窃之莽权衡钩有人在津兜售，索价三十万元，即派干事王作宾前往调查。嗣据报称："当偕眼线密往英界查视，果在英界源丰永珠宝店陈售，且拓字工人正在摩拓中，当携分会公文，赴河北省公安局请予扣留，即由该局会同英工务局往源丰永将此项莽权衡钩柱等五件，及该店经理翟捷三，一同拘获，旋又弋获原盗卖人高灿章送局收押等语。"旋复二次派员至津，备文天津公安局将莽权衡钩柱等五件一并提来分会保存。

古物保管委员会北平分会之所以赴河北省公安局请予扣留，是因为当时河北省的省会设在天津。古物保管委员会北平分会不遗余力办案，布下眼线，派出干事，精确锁定被盗宝物，又及时出手协同河北省会公安局，协调英租界工务局，强势扣留了宝物。被盗莽权此时已被开出三十万元的高价，若迟一步，莽权极可能流落海外，再难追回。

事情还有后续：

嗣又侦知朱柏华强买之权衡，曾被北平市古玩商尊古斋以五千一百元购入，因商令该商将原物交出，俾得复合，以供研究历史者之考证。该商尚明大义，于二十三年（1934年）一月开具发单，将原物二件交来分会，分会并同该商约定，俟此案办理完结后，原物归何处保存，即由分会负代催偿价之责，以恤商艰。于是定西称钩驿所出之物，除甘肃教育馆所陈之大权一件外，余皆散而复合，集中一处矣。

北平分会一鼓作气，继续追查五年前被尊古斋黄浚购走的衡杆和律九斤权（前文提及，马衡原是尊古斋的常客，应该是马衡与尊古斋日常往来，得知了黄浚买卖权衡的确切情况）。经过协商，黄浚同意以原收购价让渡两件国宝。自此，八件权衡中的七件团聚在一起，这是莽权自 1929 年被售后最齐全的一次相聚！

在此次追回莽权的过程中，古物保管委员会和干事王作宾起到了关键作用。这个委员会是个怎样的机构，王作宾其人又有何所长呢？

古物保管委员会

　　清朝末年，国家遭列强肆意凌辱，无数承载着千年中华文化的文物被劫去国外，彼时国人文物保护意识落后，政府也没有专门的文物保护管理机构。民国时期，我国逐渐接触现代文化教育，1927 年 11 月，为制止文物流失，约束外国人在华随意"考察"，维护国家权益，南京政府在学术界文物保护组织"中国学术团体协会"的基础上成立了"中央古物保管委员会"这一行政机构，专门从事文物保护工作。古物保管委员会首任主任委员张继在《古物保管委员会工作汇报》中作序，其中说明了该机构设立的重要意义和创立之初的情况：

　　我国有数千年之历史，又复地广民众，所承袭于我祖先之遗产，较其他民族为丰富。二十世纪以来，欧美学者，竞以东方学术相号召，不惜重金购致吾国古物。奸商嗜利，搜求盗窃以供其求，古刹荒丘顿遭浩劫，重要史料，公然视为贸易之品。尤有甚者，外人深入腹地，自动采集，假调查学术之美名，组巨大规模之团体，在政府协助之下，任意捆载以去。他不具论，敦煌石室之宝藏，其最著者也。吾国学人，引为大憾，奔走呼号，辄鲜效果。迨民国政府成立，蔡子民先生长大学院，设各种专门委员会，本会始获成立，聘委员若干人而嘱继主持之。嗣教育部成立，本会即直隶于教育部。其初会址设于上海，至十七年北伐成功，更设北平分会，以代当时私人组织之北平文物临时维持会。时军事粗定，北平文物赖以保存者尤多。嗣以北平为数百年古都，众议迁本会于北平，即以分会团城会址为本会会址。

古物保管委员会自成立以后，设立北平分会、江苏分会、浙江分会等下属机构，进行了多项古建筑、古墓葬、古遗址的调查，发表了多篇具有学术价值的报告，并且办理了一系列中外不法分子盗窃古物案件，为古物保护研究做了大量积极工作。《古物保管委员会工作汇报》是该委员会唯一一份重要工作的总结汇报，收录了 1928 年至 1935 年 1 月该会重要文物保护工作开展情况。这份《工作汇报》对研究相关文物古迹、了解近代中国文物保护情况，具有重要参考价值。该汇报收录以下工作内容：

一、经办文物案件：

1928 年扣留美国人安德斯在蒙古私采古物。经委员会多次交涉，委员刘半农多次谈判，最终保护古物、维护我国主权。

1929 年委托中亚考察团赴蒙古考察。刘半农等参与双方谈判。谈判期间古物保管委员会致国民党外交部函："对于本国学者所应享之考察权利及研究权利，亦未敢丝毫放松。以我国近年具考察研究能力之学者，已逐渐加多，而国家多难，款项难筹，友邦人士，挟其富力，强相凌藉，交涉稍有不慎，则横受文化之侵略。"

1930 年与北平研究院、北京大学考古学会合组燕下都考古团赴河北省易县发掘；扣留外商亚尔波特私运元明古石刻。

1932 年扣留昌平车站假借修谭延闿墓名义夹运石器；处理山西浑源县售卖大批周代铜器案。

1933 年缉获私卖安徽寿县出土楚王匜鼎。发现楚铜器数百件，被当地农民私售，北平尊古斋亦收购一批，古物保管委员会磋商收归公有；扣留莽权；追究盗卖山西天龙山北齐石刻。

1934 年保护北平天庆寺古代浴室；保护北平五塔寺。

二、开展文物调查，形成调查报告：

1928 年调查北平黄寺、北平柏林寺藏经版。

1929 年调查北平报国寺、北平善果寺、北平西山石佛殿、北平大宫、山西大同云岗、中国大学唐墓、香山慈幼院辽碑、涿县石佛石狮。

1930 年调查怀柔县法藏寺，北平天坛、地坛、日坛、月坛、先农坛，北平净心庵，北平保民寺。

1932 年调查明陵及长城、刘瑾墓。

历代衡器图例

马厂类型折线蛙纹异形彩陶器。此彩陶形制独特，似后世杆秤的托盘，两侧有孔，可供穿绳，推测具有称重功能。现藏于甘肃马家窑彩陶文化博物馆

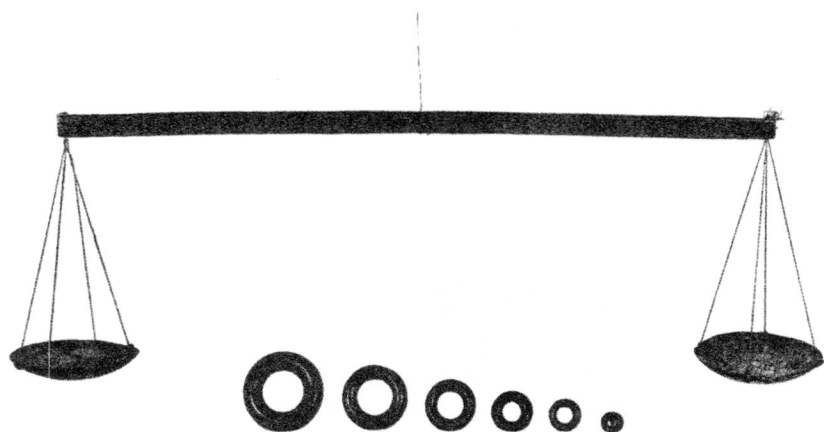

〔战国·楚〕木衡、卧子铜环权

〔战国·楚〕铜环权
中国历史博物馆藏

〔秦〕两诏铜权

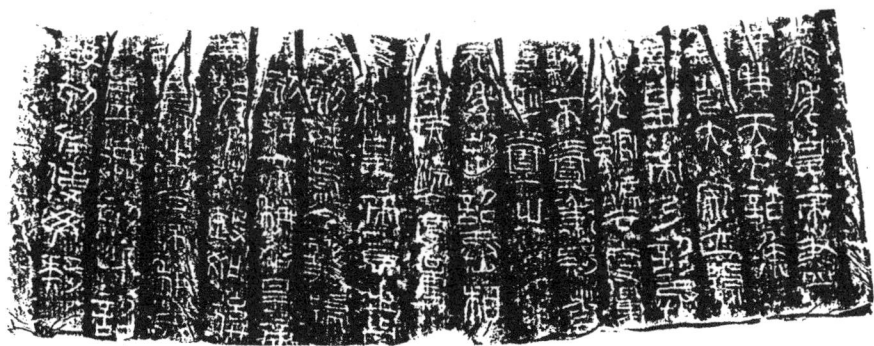

〔秦〕两诏铜权铭文拓片

〔秦〕始皇诏八斤铜权

〔秦〕始皇诏八斤铜权铭文拓片

〔西汉〕官累铜权

〔西汉〕官累铜权铭文拓片

〔新莽〕石权、九斤权
中国国家博物馆藏

〔东汉〕光和大司农铜权
中国历史博物馆藏

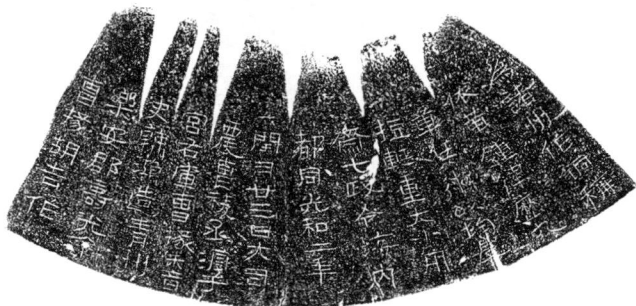

〔东汉〕光和大司农铜权铭文拓片

〔东汉〕百一十斤权
故宫博物院藏

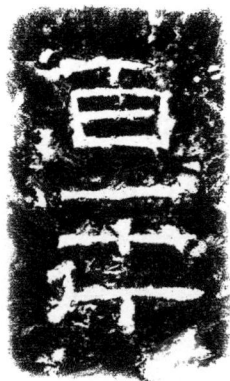

〔东汉〕百一十斤权铭文拓片

〔北魏〕铁权
中国历史博物馆藏

〔北魏〕铜秤砣
故宫博物院藏

〔北齐〕武平铁秤砣
中国历史博物馆藏

〔北齐〕武平铁秤砣铭文拓片

〔隋〕铁权
中国历史博物馆藏

〔唐〕武德元年铜权
中国历史博物馆藏

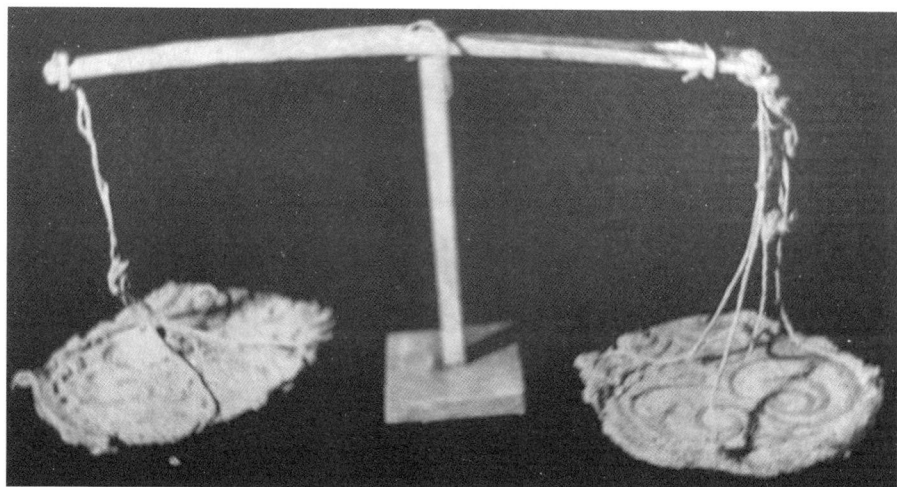

〔唐〕布天平

〔北宋〕嘉祐铜则

〔北宋〕嘉祐铜则铭文拓片（2/3）

〔金〕壹佰两铜砝码　　〔金〕壹佰两铜砝码铭文拓片

〔元〕二斤铜秤砣　　〔元〕二斤铜秤砣铭文拓片

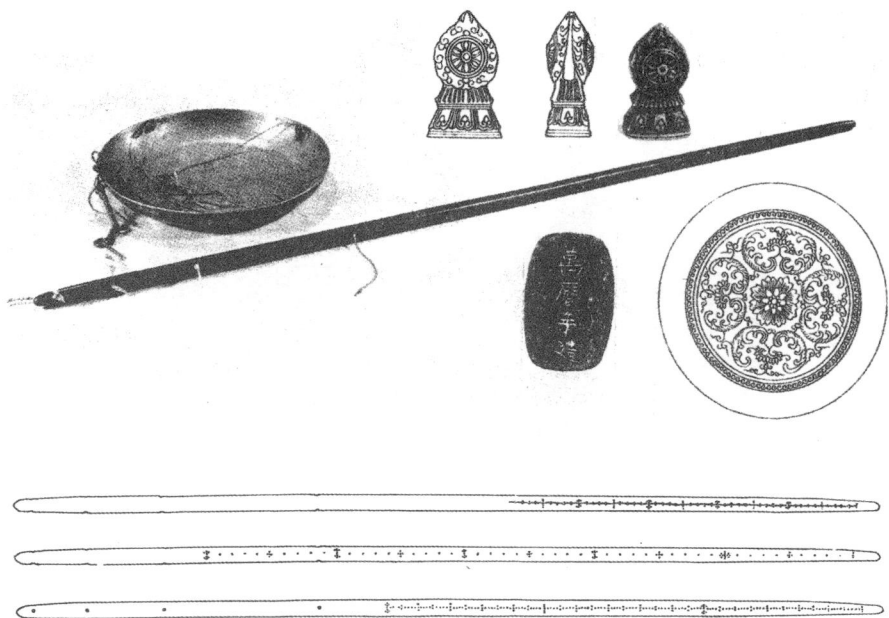

〔明〕万历戥子
中国历史博物馆藏

〔明〕贰拾伍两铜砝码

〔明〕贰拾伍两铜砝码铭文拓片

〔清〕天平、铜砝码
北京故宫博物院藏

〔清〕道光十八年铁权
1977 年甘肃省酒泉市出土

〔清〕五百两铜砝码
中国历史博物馆藏

1933 年调查北平延寿寺佛像、北平宝塔寺、天龙山石窟佛像、河北省隆平县唐祖陵。

1934 年调查河北行唐县古墓、内政部坛庙管理所锯伐古柏、蔚县张家庄古墓。

抗战爆发后，该会工作即告结束。

1930 年 6 月 20 日，南京国民政府颁布《古物保存法》，这是中国历史上第一部由中央政府颁布实施，具有现代意义的全国性文物保护专门法，对其后颁布的文物法令产生了深远影响，也对之后外国探险家所得文物归属权等问题做了明晰。其主要内容涉及古物范围和种类，古物的保存方式、管理方法，古物发掘管理，古物流通等，还规定了中央古物保管委员会的组织方法，这为古物保管委员会开展工作提供了法理依据。

1932 年 6 月 18 日，国民政府颁布《中央古物保管委员会组织条例》，规定了中央古物保管委员会的职权范围、工作内容和具体组织方法。中央古物保管委员会设委员十一至二十人，设主任委员一人，秘书一人，设事务员若干人。设立时，主任委员为张继，委员（委员人数较条例规定人数稍多）为朱家骅、蔡元培、李煜瀛、马衡、翁文灏、胡适、顾颉刚、袁复礼、沈兼士、李济、张人杰、陈寅恪、李四光、徐炳昶、傅斯年、徐悲鸿、林风眠、易韦斋、易培基、李宗侗、高鲁、刘复（刘半农）。

古物保管委员会北平分会设委员五至十一人，设主任委员一人，秘书一人，干事若干人。秘书、干事商承主任委员，分掌会内一切事项。北平分会主任委员为马衡，委员为沈兼士、陈垣、俞同奎、袁同礼、叶瀚、罗庸、黄文弼、李宗侗。

古物保管委员会各地分会中，以北平分会工作成效最为显著，而查获新莽权衡的干事王作宾，就是北平分会的骨干力量。

干事王作宾

关于王作宾在追回新莽权衡中所做的工作，仅在《古物保管委员会工作汇报》中有所体现。此人任古物保管委员会北平分会干事期间对我国古物保护工作做出相当多的贡献，这在《汇报》中各处出现其身影可见一斑。由此合理推断，他在扣留莽权的行动中当是计划周密，行动果断，才做到人赃俱获。王作宾在历史中可说得上默默无闻，在此专门辑录他的部分工作记录，以示感铭。

1932 年 4 月 19 日至 23 日，王作宾与同事黄鹏霄共同考察明十三陵和周边长城，于 4 月 30 日完成《明陵长城调查报告》。

1932 年 5 月 22 日、30 日和 6 月 4 日，数次往昌平县，调查假借修谭延闿墓夹带运输石器事，查封石器。

1932 年 6 月 11 日，王作宾再赴长陵，与同事傅一清调查古柏被盗伐事，追踪至昌平县徐详利木厂、庆升恒广记路家店，报警扣留古柏。6 月 13 日完成《长陵园调查报告》。

1932 年 9 月 3 日，王作宾与同事庄尚严赴房山调查景教遗留石刻。

1933 年 3 月 4 日，法国人西伯和购置大批图书预备运送法国，王作宾、傅一清二人会同北平图书馆专员前往法国公使馆查验。

1933 年 4 月 26 日，完成《延寿寺佛像调查报告》。

1933 年 7 月 25 日，王作宾与傅一清完成《宝塔寺调查报告》。

1933 年夏—1934 年 1 月，扣留甘肃 1931 年被盗五件莽权，追回 1929 年被售两件莽权。

1933 年 11 月 22 日—23 日，王作宾与同事罗庸调查山西省太原市天龙山佛像被盗案件，11 月 30 日完成《天龙山石佛窟像调查报告》。他们"纵观各像被毁之处，凿痕极新，碎片石屑，散布满洞，绝为最近所为，断非旧迹。又查造像所在，位于天龙寺之后山巅，登陟艰难，石刻坚重，断非一手一足所能盗凿，亦非一朝一夕所能为功。且运送下山必经寺门，山静人稀察觉甚易。寺中原有僧人净亮、普彼二人，及太原市派驻天龙山警察二人，常驻此寺内，倘非同谋盗运，则截留禁止，只需举手之劳。复查天龙寺殿前置巨大石佛头一枚，据称被盗后于山涧所拾取，则造像被盗之事，为寺人所熟知。前后参详，此项石刻之盗凿私售，寺中僧人驻警实有伙同勾串嫌疑，该管县政府方亦难辞放任疏忽之责"。王作宾踏遍全山所有石窟，勘察入微，不放过任何蛛丝马

156

迹，如同推理高手，综合分析各种线索，推断盗窃佛窟的各个作案环节，并与同伴制作佛像损坏情形统计表，拍摄照片，最后形成报告，向上级如实汇报。事实证明，王作宾等的判断完全准确，最终罪犯依法被捕，现有石像得到妥善保护，部分被盗石像得以追回。

1934 年 3 月，王作宾与傅一清数次调查内政部坛庙管理所锯伐古柏案件。

1934 年 8 月 17 日至 19 日，王作宾与傅一清调查察哈尔省蔚县张家庄古墓，8 月 28 日完成《蔚县张家庄古墓调查报告》。

王作宾本人以及古物保管委员会北平分会在考古调查和文物保护方面成果显著，这与中国当时的时代环境和北平（北洋政府时期称北京）特有的文化氛围密切相关。

民国初期，新文化运动启迪民智，高举民主、科学大旗，猛烈抨击封建思想，大力提倡新道德、新文学，在思想、文化领域产生了深远影响。"五四运动"激发了国人的爱国热情，树立了民族发奋图强的信心，中国无产阶级开始登上政治舞台。北京作为这些思想和运动的起源地，在社会、政治和科学领域新思想非常活跃，在田野调查和考古学方面，北京成立了一系列影响深远的科学研究机构。

1916 年，北洋政府农商部地质调查所在北京成立，该所由丁文江与章鸿钊、翁文灏一起组建，丁文江任所长，蔡元培先生赞誉它为"中国第一个名副其实的科研机构"。该所前身是1913年丁文江担任工商部矿政司地质科科长时与章鸿钊创办的地质研究所。丁文江是著名地质学家，在英国受过教育，他提倡西方科学，思想开放且有组织方面的天才。地质调查所最初的首要任务是寻找铁矿、煤矿及其他重要金属，随着田野调查工作的广泛开展，其工作逐渐扩大到古生物学、考古学调查。该所最重大的科考成果是1921年仰韶遗址的发掘和1929年周口店北京人头盖骨的发现。这些发现是中国科学考古的开端，引起了全世界的注意，证实上古中国存在繁盛的文化，东亚不是印欧文明的界外，西方人宣扬的"中华文化西来说"不攻自破。受聘于农商部担任矿政顾问的瑞典著名地质学家、考古学家安特生对地质调查所的科考活动起了重要作用，李济先生说"安特生是第一个通过自己的成就在中国古文物调查中示范田野方法的西方科学家"，他传授了科学的调查观念和方法，培养了训练有素的助手和有才智的工人。

1925年，清华大学国学研究院在北平成立，指导学生的教授王国维、梁启超、陈寅恪、赵元任被称为"四大导师"，王国维任教中国古文字课时，把讲授的内容分"书本资料"和"地下资料"两大部分，受传统教育的学者已经运用近代科学调查的方式授课。研究院于1929年停办，但在中国近代教育史上享有盛名。短短四年，毕业生七十余人，其中五十余人后成为我国人文学界的知名学者。

1928年，中央研究院历史语言研究所在广州成立，傅斯年任所长，次年迁往北平。傅斯年主张历史、语言研究要采取新方法，运用新材料，发现新问题，"上穷碧落下黄泉，动手动脚找东西。"该所成立后，重点开展了安阳殷墟发掘和甲骨文研究整理。1928年开始殷墟第一次试掘，1929年李济主持正式发掘，到1937年抗战爆发时，共进行了15次科学发掘，找到了商王朝的官殿区域和王陵区域，证实了史书关于商代晚期都邑地望的记载，使"殷墟遗址是商代晚期都邑"成为定论。

1930年，中国营造学社在北平创立，这是由中国私人兴办、研究中国传统营造学的学术团体。曾任北洋政府代理国务总理的朱启钤任社长，梁思成担任法式组主任，刘敦桢担任文献组主任。学社从事古代建筑实例的调查、研究和测绘，以及文献资料搜集、整理和研究，为中国古代建筑史做出了巨大贡献。

就是在这样觉醒的时代氛围里，王作宾以科学的态度和工作方法，为他热爱的事业奔波忙碌。

却说这边王作宾化身福尔摩斯，将莽权窃贼高灿章抓捕归案，另一边公安局却疏忽失守，竟让高灿章从看守中脱逃。权衡故事，又生波折。

脱逃

1933 年 10 月 26 日,《西北日报》作《莽权迁燕合成完璧,完璧可能归赵? 陇上极为关怀》报道:

（朱绍良）据函河北省会公安局调取翟、高二犯人口供,……查甘肃省教育馆被窃案内,古玩商翟捷三因侦讯结果,对于本案并不知情,准取保传候。惟售物人高灿章,关系严重,正在严加候核中,忽发觉该犯患有神经病症,举动失常,数日不进饮食,当饬该犯亲属张科甲取保一面由局派警于本月一日下午四时送本市法租界海军医院诊治。讵当晚十时三十分因看守警士一时疏失,致被脱逃。除将该犯亲属张科甲及原保传局讯究,并对于看守警士,严加惩处、即饬查缉外,相应电达,即希查照为荷……查莽权前被窃时,尚剩余大权一,现既承并在市肆查获出土时散失之一部,于古物保存文化研究更有裨益,敝省现正派专员领取收集完整,以便保存而重古物。至售物人高灿章关系较重,应即从严缉拿,务确归案,彻底查迅并函请河北省会公安局严缉。

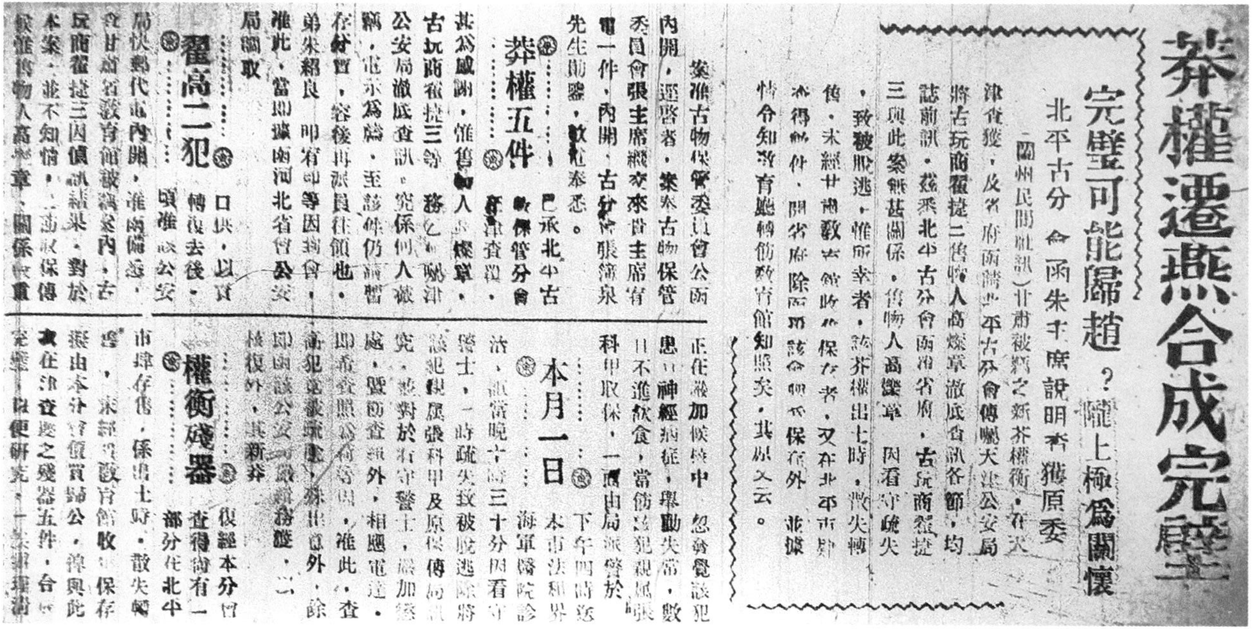

1933年10月26日《西北日报》之《莽权迁燕合成完璧完璧可能归赵？》

9月中旬，王作宾在天津英租界源丰永珠宝店中将莽权盗犯高灿章当场拿获，交由河北省会公安局侦讯。高灿章在公安局侦讯期间突犯"精神病症"，举动失常，数日不进饮食。高犯折腾到10月1日，公安局同意由高犯"亲属"张科甲寻找保人担保，同时派出警员陪同，于下午四时送高犯至天津市法租界海军医院诊治，当晚十时三十分，看守警士"一时疏失"，致被脱逃。

　　这高灿章果不是一般罪犯，他在天津有落脚处，他的所谓"亲属"张科甲，基本断定就是他的同伙。张科甲在天津也有一定社会关系，可以找到具有担保资格的人为高灿章作保。高灿章社会经验丰富，具备一定医学知识，懂得模仿神经病症；且此人隐忍，数日不进饮食实非常人所能做到。总之，高犯此次出逃应是长时间谋划，等待时机后果断行动，这一犯罪能力显然被他成功运用于盗窃莽权。看守警士不排除被高犯收买嫌疑。一般罪犯如此逃脱倒也罢了，但高灿章终究是被上层关注的人物，河北省会公安局不敢马虎，立即展开追捕。

　　1933年10月29日，《甘肃民国日报》以《莽权窃犯脱逃复获》为题又报：

　　　　省府昨接古物保管委员会北平分会函称：查贵省教育馆失窃古物新莽权衡残器案，售物人高灿章、古玩商翟捷三，业经本分会函请河北省会公安局先后拘押到案，旋接河北省公安局电称高灿章一犯于十月一日在逃，当经电函贵省府查照此案。嗣准公安局微电略称"逃犯高灿章业派干警于支日

1933 年 10 月 29 日《甘肃国民日报》之《葬权窃犯逃脱复夺》

在盐山追获还押，如何发落，盼即电复"等因，当即复请抄录初审口供，以凭核办去后……查公安局羁押待质人犯，例难久稽。该公安局函商将高犯移送法处一节，自应函复照办。

高灿章逃脱三天后，于10月4日被公安局在盐山追获。盐山县在天津以南一百二十公里外，也属河北省，靠近山东。或许是公安局从张科甲处凿开了线索，得到了高灿章的逃跑方向，此次追缉才能如此迅速。甘肃省府觉情势不妙，决定立刻派员前往天津、北平了结此事，以免夜长梦多。1933年11月4日，《甘肃民国日报》有则短篇报道：

> 甘肃省以莽权查获是为幸事，闻日有派员赴津调查案情真相，并应运莽权返甘之说。

《古物保管委员会工作汇报》之《扣留莽权之始末》最后说：

> 国立北平故宫博物院因嘉量旧藏该院古物馆，深以新莽时代之度量衡关系一体，权衡与量合则双美，离则两伤，请将是项权衡同藏于该院古物馆，俾与新嘉量汇存一处，合成全璧。本会北平分会以此项古物，除尊古斋交来之两件系商卖性质，该院若交价五千一百元自无问题外，其余五件原系兰州教育馆之物，应归何处保管须候中央解决，本会未便擅主。现在除将尊古斋所交来之权衡各一件，由故宫博物院照

偿该号原价五千一百元，移交该院保存外，所有由天津追回之权三件、钩一件、柱一件，在未奉到中央明令以前，暂存本会。盖国家文物失而复得，本会即已尽责，至如何处分，则非本会之职权也。

甘肃省打算派员赴津的时候，可能不知道那七件权衡将与甘肃再无缘分了。古物保管委员会北平分会会长马衡当时又兼任北平故宫博物院代理院长。《扣留莽权之始末》中所说古物保管委员会北平分会和故宫博物院本是两个机构，但对于马衡来说，都是他手下一家。对于热爱文物，深知新莽度量衡价值的马衡来说，于公于私，他都迫切想让北平分会暂存的新莽权衡和故宫新莽嘉量"汇存一处，合成全璧"。

现在，这样的机会，就在马衡眼前。

争归

1934 年 1 月—1935 年 5 月

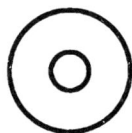

六斤权，新莽时期衡器部件。外径 8.94 厘米、内径 2.96 厘米，高 4.13 厘米，重 1446.1 克。外侧刻铭文"律六斤，始建国元年正月癸酉朔日制"。

新莽嘉量

1924 年 11 月，逊清皇室被逐出紫禁城后，中华民国临时执政府摄政内阁发布命令："着国务院组织善后委员会，会同清室近支人员，协同清理公产、私产，昭示大工。所有接收各公产，暂责成该委员会妥善保管，俟全部结束，即将宫禁一律开放，备充国立图书馆、博物馆等项之用，籍彰文化而垂久远。"善后委员会在故宫清点过程中，于坤宁宫发现一具圆筒形铜器，经工作人员参考《清会典》"乾隆间得东汉圆形嘉量"，考证确认此物为王莽始建国元年颁行天下的标准量器，名为"嘉量"。

嘉量同莽权一样，亦为刘歆所制。据史书记载，魏晋时藏嘉量于武库，数学家刘徽注解《九章算术》屡次提及；东晋苻坚也得一莽量；南朝数学家祖冲之研究圆周率，曾以嘉量为参考；唐代李淳风根据嘉量考定隋唐以前的尺度。唐宋以后再无记录，直到清乾隆年间，民间有人将嘉量进献给朝廷。

前文已提及，《汉书·律历志》记载："量者，龠、合、升、斗、斛也，所以量多少也……合龠（两龠之意）为合，十合为升，十升为斗，十斗为斛，而五量嘉矣。"王莽的量器颇具创意，将

新莽铜嘉量。图选自《中国科学技术史·度量衡卷》

五种不同计量单位的量器组合为一体，五量俱备，所以名为"嘉量"。器主体部分是一个大圆柱体，靠近柱体的下端为底，底上方为斛量，下方为斗量；左耳是一个小圆柱体，为升量，器底在下沿；右耳也是一个小圆柱体，底在中端，上为合量，下为龠量。斛、升、合三量口朝上，斗、龠二量口朝下。圆柱体的侧面有铭文。器外各部位有铭文，分别说明铸器缘由和各部分的量值，大圆柱体外壁正面有八十一字总铭（与新莽铜丈、铜权铭文相同）。清乾隆帝令丁观鹏等宫廷画师绘制《是一是二图》，乾隆坐在榻上观赏皇家收藏的各种器物，其身后右侧（观众视角）就陈列着新莽嘉量。乾隆九年（1744年），清廷参照新莽嘉量式，以及唐太宗时期方形嘉量样式，制造出两个方形和两个圆形嘉量，作为象征国家一统的礼器。乾隆认为此乃天意，应当在紫禁城安设，把其中两圆一方三只嘉量分别置放于太和门、太和殿和乾清殿前的亭屋。余下的一只方形嘉量，于乾隆十三年（1748年）送到盛京（今辽宁沈阳），陈设在沈阳故宫崇政殿前。

当年，时任北京大学史学系教授、考古研究室主任的马衡受邀加入清室善后委员会，即见证了嘉量被重新发现的经过。次年（1925年）10月，故宫博物院成立，清室善后委员会的骨干人员成为故宫博物院的中坚力量。马衡醉心于嘉量，称此器"为故宫之重宝，关系于学术者至钜"。[1]

---

① 马衡：《新嘉量考释》，《北平故宫博物院年刊》，1936年。

故宫太和殿前嘉量。图选自 1901 年小川一真《北京城写真》

太和门前嘉量。图选自 1901 年小川一真《北京城写真》

乾清宫前嘉量。图选自 1906 年版小川一真《清国北京皇城写真帖》

"电文争夺战"

马衡可谓天生为文物而生，也许是因姓名中有个"衡"字，他与度量衡结缘已久。马衡自幼在宁波天一阁藏书楼借阅图书，自学金石学。青年时结识吴昌硕，参加西泠印社筹建。1918年任教北京大学，专授金石学。1926年任故宫博物院维持会常务委员，1929年任故宫博物院理事会理事兼古物馆副馆长。故宫文物弊案后，马衡接任易培基，于1933年7月任故宫博物院代理院长，1934年4月任院长。

马衡妥善保管莽权的同时，即以故宫博物院的名义，向国民政府行政院函请由故宫博物院保存被查获扣留的五件莽权。其余两件，马衡以古物保管委员会的名义，明确表明"尊古斋交来之两件系商卖性质，该院若交价五千一百元自无问题""由故宫博物院照偿该号原价五千一百元，移交该院保存"。根据《古物保管委员会工作汇报》附录之《工作大事表》①，古物保管委员会北平

---

① 《扣留莽权之始末》，《古物保管委员会工作汇报》，北平：大学出版社，1935年5月。

分会于 1934 年 6 月 14 日将此两件莽权送交故宫博物院。故宫博物院向国民政府行政院函请的资料目前未见,[①] 但根据甘肃本省保留的资料足以表明,1934 年故宫博物院和甘肃省政府均各自呈请国民政府行政院,都希望政府批准由自己保存莽权。

莽权被故宫博物院保存的消息传到甘肃,引起当时甘肃省府警觉。1934 年 4 月 15 日,《甘肃民国日报》刊载标题为《本市各界人士电中央饬归还莽权》的报道:

> 本省莽权被窃,在津查获后,故宫博物院呈请政府将莽权拨归该院保存,朱主席(绍良)以莽权主权原属甘肃,特电请行政院、故宫博物院速为归赵等节,业志本讯,顷悉本省教育界人士,亦拟代电力争,俾莽权早日归还,闻代电业已拟就,将有航空寄发。

4 月 18 日,一则标题为《省垣教界电请中央速令博物院归还甘莽权原由本省保存以重边疆文化》的报道刊载了朱绍良向中央呈送,恳请博物院归还莽权的电文:

> 南京国民政府行政院汪院长钧鉴:窃以敝省定西县西七十里之称钧驿,于民国十七年夏,乡人掘地发现新莽权衡

---

① 台湾国立故宫博物院(今台北故宫博物院)编辑委员会编《故宫跨世纪大事录要》也记载,民国二十二年一二十三年(1933—1934 年)六月"自北平尊古斋购得新莽铜衡、铜权各一件"。

六月

自北平尊古齋購得新莽銅衡、銅權各一件。

十月

江寧地方法院檢察官孫偉對易培基、李宗侗等九人提起公訴,並列舉犯罪事實,首度指其侵佔故宮古物。行政院院會決議,令中央古物保管委員會嚴查故宮盜寶案。

由於民國二十二年元月監察委員周利生、高魯之彈劾以及十月江寧地方法院檢察署之起訴均未能舉發易培基先生等人盜賣古物之事實,檢察官孫偉欲重其罪,乃繼續蒐集證據。二十三年十月三十一日,孫檢察官提出一份長達七千五百字的起訴書,共列舉六項「犯罪事實」:其中,關係故宮者有三十一項。盜取珠寶(一八五顆),調換珠寶(一二八七),拆取珠寶配件(一四九六件),乃為氏等人盜取珠寶(一八五顆);二、對崔振華、鄭烈等人提出反訴,係妨害朱樹聲檢察官依法執行公務;三、散發傳單,刊登啟事,是毀壞證人尹起文之名譽。二十三日,行政院召開院會,曾就易培基案進行討論;汪精衛院長表示:「令中央古物保管委員會嚴查故宮盜換珠寶及盜運古物一案」。

《故宫跨世纪大事录要》

六月		四月	三月		
廿三日	十四日	十六日	十七日	十六日	十四日	廿四日

三月

廿四日 函請內政部從速修理北平國子監東西兩廡以保古物。

十四日 本會調查將前由本會印綬安徽志縣出土古銅器一部運下查置存應房三條當即令同公安局前往提出楚王嬈鼎一並捕獲販賣人李賢彬一名送公安局訊辦。

十六日 本會據報古遺廟管理處勾通漁林公司木廠盜伐各莊古柏函吾北平市政府澈查。

四月

十六日 函吾北平省政府飭制止查賣隆平縣尹村唐祖陵石郵石局專。省偵付李賣彬本二百七元以郵商類。

十七日 函吾北平市社會局訴制止宣武門下斜街長椿寺僧人鑒賣廣慧佛字冊。

六月

十四日 本會將北平李雪古元舖購得蒲德衡二件故宮博物院保存。

十四日 函吾北平市政府訴追究法源寺被盜法物七件物使永落石出。

廿三日 ……

《古物保管委员会工作汇报》附录之
《工作大事表》

一具，由前建设厅长杨慕时以巨金购得，珍藏教育馆，藉为学术上之研究。不意廿一年六月被人窃去，当时由省政府通令严缉，终未捕获盗犯。突于去年九月由北平古物保管分会电复甘肃省政府谓，已由故宫博物院呈请政府拨归该院保存。迳听之余，无任惶骇。

查民国政府于十九年六月二十日曾经公布《古物保存法令》，于二十年六月十五日施行，其第三条之保存、于左列处所之古物，应由保存者制成可垂久远之照片，分存教育部、内政部、中央古物保管委员会及保存处所：一、直辖中央之机关，二、省市县及其他地方机关，三、寺庙古迹所在地。是此项规定，只令分存照片于各处，并未规定汇集古物于一处也。且云省市县或其他地方机关，若照该院（故宫博物院）办法，则省市将无古物保存矣。是不合中央古物保存法令者一。

敝省僻处西北，交通不便，学术文化濡滞落后，因之国内各文化机关、各学术团体，正宜协力助长，令其与内地各省平均发展。十七年全国教育联合会曾有此项议决之案，是凡属国内各地方文化机关所藏之器，若有重复者，或照片，或出版物品，应见惠施赠。今未先施，意将敝省原保存之古物提去不还。此违反协助边疆文化之议者二。

当前清光绪三十二年，英印度政府派遣之匈牙利人斯坦因贿卖寺僧发掘敦煌石室，攫去唐人写经四千卷。竖年法人伯希和又攫去六千卷。此外尚余万卷，概由学部运去，现归北平图书馆。而敝省反无片纸之存留。敝省人士正拟呈请政府将北平图书馆保存之敦煌写经，由其重复之卷中划拨一部，归敝省保有，此议尚未见诸事实，而将已有之物失去。此违反敝省人士保持文物心理者三。

前年日寇正炽时，纷纷建议迁运古物，并有建议南京之议，拟将古物纷运洛阳、西安保有。虽未见诸事实，然可见古物之宜分地保存也。且年来各地发掘古物，如山东、如安徽、如陕西、如河南，龟甲金器不一而足，由原发现地保存，并未闻拨归故宫博物院也。此不合年来古物保存惯例者四。

尤其异者，该院所存之古物甚多，关于莽器原藏嘉量已属稀世之宝，今次一权当然应归原有之地保存，东量西权，遥相辉映，在古物界留一佳话。且莽器，除泉币外，发现甚少，此称权、度量衡实验见之，吴清卿所未见。且权作環形与汉书合，其有关学术更非浅显。

为此电呈钧座，请速令博物院，迅即归还，边疆文化幸甚，学术幸甚。

此番电文条理清晰、态度坚决，先说知道故宫博物院想要保留莽权，"无任惶骇"，然后以五点说明莽权应归甘肃保存：

第一，根据《古物保存法令》，并未规定地方保留古物必须上交一处，只需制成照片资料留存中央相关部门。《古物保存法令》总十四条，函电中引用了第三条，但《法令》第十二条也规定"采掘所得之古物由中央或地方政府直辖之学术机关呈经中央古物保管委员会核准，于一定期内负责保存以供学术上之研究"，故宫博物院若据此一条，也能争取一定时期内的保存权利，因此从法理上来说，省、院各有依凭。

第二，甘肃省地处西北，学术文化落后，亟待国内各地文化机关、学术团体协力助长。这是从边疆文化建设的角度，表明甘肃省需要支助的实际需求。"今未先施，意将敝省原保存之古物提去不还"颇有些给人上话（兰银官话，讽刺之意）之感。

第三，甘肃敦煌莫高窟屡遭盗劫，剩余物品也被运往中央保管。这是从文物心理角度，痛陈甘肃失去敦煌珍宝的历史，追回莽权，也是不愿敦煌的情况再次上演。

第四，从日寇侵袭的时局角度，陈述文物分地保存的利好。"前年日寇正炽时"指的是 1931 年"九一八事变"，"九一八事变"后，华北动荡，当时有人建议南京政府将文物分别运往地方保管。1933 年故宫博物院决定将重要文物南迁，于 2 月 5 日至 5 月 15 日分五批将文物运往上海，共计 13427 箱 64 包。[1]

第五，从文物保存数量和度量衡学术研究角度阐明观点。故宫博物院说嘉量、权衡应"汇存一处，合成全璧""关系一体，合则双美，离则两伤"，甘肃方则说"尤其异者，该院所存之古物甚多，关于莽器原藏嘉量已属稀世之宝，今次一权当然应归原有之地保存，东量西权，遥相辉映，在古物界留一佳话"。

---

① 祝勇：《守护中华民族文化根脉——写在〈故宫文物南迁〉出版之际》，光明网"光明文化"栏目，2023 年 06 月 20 日。

省垣教界電請中央速令博院歸還甘莽權

原由本省保存以重邊疆文化

1934 年 4 月 18 日《甘肅民国日报》之《省垣教界电请中央速令博院归还甘莽权》

电文中所说的吴清卿即吴大澂，清代金石学家，是与沙俄纵横谈判、维护国家领土主权的民族英雄。他在光绪二十年（1894年）著《权衡度量实验考》，首次以实物考证度量衡，将度量衡从律学和金石学中独立出来。这是我国第一部度量衡专著，书中未录新莽权衡，当时的吴大澂，无缘得见莽权。

甘肃省图书馆曾雪梅编著《还读我书楼珍藏尺牍考解》收录朱绍良回复张维书信一通：[①]

鸿汀委员仁兄台鉴：

接诵来函，备悉一切。查莽权，前由故宫博物院呈请政府拨归该院保存。当经电呈行政院声明主权属甘，请饬发还，旋准教部函达，准行政院秘书处函保存莽权问题，奉谕交部向有关各方妥商呈复，嘱查照见复等因，复经函复。该权原系甘肃出土，又系以巨金购获，主权属甘，自应发还甘省，俾成完璧。各在案，迄今日久，尚未准函复，除俟该部函复至日再行函告，以便交涉外，兹将复教部函稿抄送一份，希即亮察。至马院长在京并未晤面，并及专此布复，顺颂旅祺。

弟朱绍良启

七月廿三日

---

① 曾雪梅编著：《还读我书楼珍藏尺牍考解》，兰州：甘肃人民出版社，2012年，第200页。前文提及，张维是个"学者官员"，别号鸿汀，书斋名为"还读我书楼"。

此书信未署明年份，但根据资料推测，书信应写于 1934 年 7 月 23 日。1934 年 4 月 15 日，朱绍良和甘肃各界申请归还电文上呈后，行政院请有关各方妥商后回复。到朱绍良写此书信时，已过去了三个月，"迄今日久，尚未准函复"。从书信中"至马院长在京并未晤面"一语看，朱绍良本打算去南京时会晤马衡，当面协商莽权归属，但因故"并未晤面"。

1934 年 7 月，张维着手撰写《陇右金石录》，他关切莽权归属，同时也为写书收集资料，因此向朱绍良函问莽权事宜。《陇右金石录》中写到"闻此器（莽权）今存中央古物保存会，信可珍也"，便是记录了 1934 年 7 月朱绍良告知他的情况。

1934 年 9 月 6 日，《甘肃民国日报》以《新莽权衡归甘问题——省府电京古物会饬平发还约定催偿价洋由本省清偿》为标题刊发报道：

省府电南京古物保管委员会云：准教育部电开，莽权保管问题，经行政院会议，交贵会决定等因，查莽权前在甘肃省定西称钩驿出土后，乡民运省出售，经古玩商张寿亭廉价购获。当时计权五件、（钩一件）、杆二件。适有北平人朱柏华，素识古玩，即将杆一件、权一件，强买带去。其余六件，经建设厅长杨慕时以巨金购得，捐赠教育馆保存，因供学术上之研究。不意卅一年六月该莽权被窃五件，只剩大权一件。当经分别咨令饬属查缉在案，旋于上年九月，经北平古物保管分会在天津市丰源永珠宝店查获，提会暂存。并盗

陇右金石录

籍者止此

新莽權衡銘

出於甘肅省教育館藏今存

黃帝初祖德於虞廬帝始祖德市於新哉在大樂祖集戊辰戊辰直定
天命有人據土德受正號即真改正建丑長壽隆崇同律度量衡稱當前
人龍在己巳歲次實沈初班天下萬國永遵子子孫孫享傳億年
按民國十八年定西縣北稱鈞農人掘地得新莽權衡凡十事
衡一直一鈞二權大小六直之下段二有賣客購衡與之下
段及一權一鈞以去鈴爲建設臨長楊慕時購地蘭州教育館其直
歲三寸二分長一丈一尺三寸直壓輪鐵爲之有小篆銘文八十一
字自萬國下俱折去僅存七十一字四權皆鐵爲之形類巨環一重
今秤一百三十四斤二兩銘文同俱好後有鈎字可辨七十二
斤存銘惟四行遊定卅四字可辨四字一重七斤字泐一重
三斤五兩有銖字其斷鈎無字至民國二十一年夏夜兩中爲盜所
窃雁勝最大一權於是教育館陳喬分電各省各海關調查遍年
之天津拘其人詢之盡得瓷罐繩過以權衡等送貯北平古物保存
會是時廉肆珠還劍合沟稱奇事平會所購爲衡一長約三四尺爲
直同而其文橫行每行四字惟同律度當衡爲五字樞一有律九
斤等字鈎一無字考其用法必當爲在衡之兩之兩端一端
懸權一端爲待權之物其狀與今之天平相近但懷巨耳莽建
後而託始黃帝革漢建制與銘文合其云德市於虞德市於新者

10

陇右金石录

權衡全物金石索所載菲權槫銘文
亦和爰之屬次同凡律下皆遵減其云律九斤者
權歌例相同凡律下五皆遵減其云律九斤者
惟漢書律歷志載有此銘惟新莽詭制辛又奢代
漢權見之蕭非眼賦開此器今存中央古物保存會信可珍也

出於涇川民業教育館藏今存 汾陰侯
汾陰侯銅
按此器出於涇川其形如黽高一尺二寸周二尺四寸三足無蓋蓋
古和爰之器所謂銅也右有字三行十二字左文一行汾陰侯三字
孫朋矢爵復家似俑未至莽初文用小篆其似莽槫銘

始建國元年正月癸酉朔日制

始建國槫
贛州某氏藏今存

始建國四年保城都司空

11

张维《陇右金石录》之《新莽权衡铭》

新莽權歸甘問題

省府電京古物會飭平發還
約定催償償洋由本省清償

1934 年 9 月 6 日《甘肃民国日报》之《新莽权衡归甘问题》

卖人高灿章，送由天津地方法院，讯处徒刑一年又二月亦在案。至朱柏华带去之权、杆，转售北平尊古斋，现该号将原物交给分会保存，约定催偿原价五千一百元。是此项莽权，其主权原属甘肃，既经查获，自应发还。而故宫博物院呈请行政院拨归该院保存，甘自难默认，曾经先后派员赴平领取，迄未发还。此间一般士绅，及各学术团体，群情惶惑，纷纷请求，为此电请转饬北平古物保管分会，速将缉获莽权五件，连同尊古斋交存二件，一并发还，俾成完璧。至约定催偿价洋，本府即当如数清偿。专电奉恳，并盼裁复。甘肃省府歌印（5日）。

此项报道透露出几个信息：一是南京国民政府行政院对莽权归属问题过会后交由教育部所属古物保管委员会决定。政府不好调节决断，把决定权交给了教育部，教育部又交给了古物保管委员会，甘肃省和故宫博物院对莽权归属的争夺，决定权兜兜转转又落回古物保管委员会。二是盗宝人高灿章已由天津地方法院讯处徒刑一年零两月（以现在的量刑标准来看，实在是判得太轻）。三是甘肃省先后多次派员赴北平领取莽权，但一直没有结果。甘肃省此次再次电请古物保管委员会，饬北平方面尽快归还七件莽权。

曾雪梅在其《还读我书楼珍藏尺牍考解》中推测朱绍良给

张维的复函写于 1935 年 7 月或 1936 年 7 月，^①这是不准确的，因为在经历了旷日持久的争执后，中央古物保管委员会终于在 1935 年 5 月对莽权归属做出了最终决断。

1933 年 4 月，经时任中央研究院院长蔡元培大力倡导，国民政府教育部宣布在南京成立国立中央博物院筹备处，这是当时中国仿照欧美第一流博物馆而建立的第一座现代综合性大型博物馆。博物馆自筹备以来，陆续通过收购、拨交和发掘，集中全国珍品约二三十万件。根据中央博物院筹备处主任李济于民国三十年（1941 年）十月《国立中央博物院筹备处九年来筹备经过简要报告》^②记载："二十四年（1935 年）三月，奉教育部令，以铁道部顾问斯文·赫定在新疆省拾集古物三箱，发交筹备处保管，当派员照数具领庋藏。同年五月，接中央古物保管委员会函，以甘肃出土之新莽权衡等件，应按古物概归国有之规定，由本院保存，亦即派员前往具领保管。"

1935 年 5 月，国立中央博物院筹备处派员赴北平，从中央古物保管委员会北平分会处，具领于 1933 年被该分会扣留的五件莽权。甘肃省与故宫博物院的莽权归属之争，自此告一段落。

---

① 曾雪梅编著：《还读我书楼珍藏尺牍考解》，兰州：甘肃人民出版社，2012 年，第 201 页。

② 该报告记录筹备处从 1933 年 4 月建立至 1941 年 8 月的工作情况。

刘半农先生

李济在《国立中央博物院筹备处九年来筹备经过简要报告》中称，1935 年 3 月，教育部令将"斯文·赫定在新疆省拾集古物三箱，发交筹备处保管"。斯文·赫定之事，与中央古物保管委员会委员刘半农密切相关，而刘半农又与新莽权衡密切相关，值得专门记述。

刘复（1891—1934），字半农，江苏江阴人，中国新文化运动先驱，文学家、语言学家、教育家和考古学家。与其弟弟刘天华、刘北茂皆有成就，时称"三刘"。1911 年参加辛亥革命，民国六年（1917 年）到北京大学任法科预科教授，参与《新青年》杂志编辑，积极投身文学革命。在《新青年》发表《我之文学改良观》等文章，提出文学应表现自我的真情实感；主张白话应吸收文言的优点，而文言应力求浅显；提出破坏旧韵，重造新韵；提倡文章分段，采用新式标点符号。1918 年发起北京大学歌谣运动，倡导新诗创作向歌谣学习，首倡歌谣征集与研究，使民间文学进入学术研究的视野。1920 年到英国伦敦大学学习实验语音学，次年转入法国巴黎大学学习。1924 年测试中国十二种方言的四声，撰写《四声实验录》。1925年以论文《汉语字声实验录》《国语运动略史》及自己设计测音仪器"刘氏音鼓甲种""声调推断尺"，获法国国家文学博士学位，成为第一个以外国国家名义授予最高学衔的中国人，论文《汉语字声实验录》荣获法国1925年康士坦丁·伏尔内语言学专奖。民国十四年（1925年）8月回国。留学期间，刘半农思念故土亲人，写下诗作《教我如何不想她》，诗中首创汉字"她"的使用。诗歌音韵和谐，语言流畅，1926年被语言学家赵元任谱成曲，广为传唱，被全社会普及。

《教我如何不想她》
天上飘着些微云，
地上吹着些微风。
啊！
微风吹动了我的头发，
教我如何不想她？
月光恋爱着海洋，
海洋恋爱着月光。
啊！
这般蜜也似的银夜。
教我如何不想她？
水面落花慢慢流，
水底鱼儿慢慢游。
啊！

燕子你说些什么话？

教我如何不想她？

枯树在冷风里摇，

野火在暮色中烧。

啊！

西天还有些儿残霞，

教我如何不想她？

刘半农回国后任北京大学国文系教授，兼任北大研究所导师，讲授语音学，建立了语音乐律实验室，成为中国实验语音学奠基人。1926 年，诗集《扬鞭集》《瓦釜集》出版。

1926 年底，瑞典探险家斯文·赫定与北洋政府协商，获准去中国西北进行其第五次中亚考察，他与北洋政府签订协议，要求中方人员至多二三人，仅负责接洽沿路地方政府；考察各类成果，包括历史文物，先送往瑞典进行研究，待中国有相应研究机构后再送还中国。1927 年春，时任北大教授的刘半农、马衡等人闻讯，联络北平十余个学术机构，创建"中国学术团体协会"，坚决抵制赫定此次西北考察。这让赫定始料未及，此前外国人在华探险，还从未遇到如此抵制。中国学术团体协会委派刘半农、翁文灏和马衡与赫定谈判，力争将这次考察置于中国学术团体协会的控制之下。

经刘半农等多次交涉谈判，1927 年 4 月 26 日，赫定被迫签订《中国学术团体协会为组织西北科学考察团事与瑞典国斯文·赫定博士订定合作办法》。《办法》共计十九条，主要规定考察由中国学术团体协会下设的理事会监察；设中外两名团长，拥有同等权力；须有至少十名中国团员参加；采集到的相关物品由中国团长负责运往北京，经理事会审查后处置；涉及中国国防的不在考察范围之内；经费由赫定负责，中方团员每月补助八百十五美元；考察期限暂定两年；协议有中英文版本，但以中文版为准。随后，刘半农被任命为考察团常务理事，即最高负责人。赫定在其回忆录中记载协议签订的一幕："中方代表用饱蘸墨汁的毛笔刚刚写下第一笔，一位摄影师按下了快门，闪光灯一亮。接着，我也用钢笔签了字。中文原件非常讲究，用的纸已二百多年的历史。"协议的签订大大鼓舞了中国学术界，刘半农说："协议尤有一精彩之处，即该协议解释，须以中文为准。开我国与外人订约之新纪元。"并戏称这是"翻过来的不平等条约"。这之后，再有外国人到中国进行科考或探险，就以这个协议做模板签订书面协议。《古物保管委员会工作汇报》所载 1928 年扣留美国人安德斯在蒙古私采古物，1929 年委托中亚考察团赴蒙古考察，都是在此协议基础上进行约束，从而维护了国家权益。

这次中国西北科学考察持续数年，收获巨大，发现了居延汉简、白云鄂博铁矿、恐龙化石，以及开展对东亚寒潮的研究，对罗布泊的考察，取得世界级的科考成果，对中国相关学科的发展起到奠基性、开拓性作用。

1927 年，刘半农的译作《法国短篇小说集》出版，收入伏尔泰、左拉、雨果等人作品。出版摄影专著《半农谈影》，是中国

第一部探讨摄影艺术的著作。本年 11 月，南京政府在"中国学术团体协会"的基础上，成立"中央古物保管委员会"，刘半农任委员会委员。

刘半农是马衡的同事，两人也是好友。故宫新莽嘉量被重新发现后，刘半农对嘉量各部位做了精密实测，得出二百余个测验数据，他结合其他新莽量器，推算出新莽时一尺长 23.1 厘米，一升容 200 毫升，一斤重 226.7 克。1928 年去日本出席东方考古学协会会议，在京都作了"新嘉量之校量及推算"的演讲。当年 12 月，他出版了《新嘉量之校量及推算》。

1930 年，刘半农记录七十余种方言，编成《调查中国方音用标音符号表》。

1932 年，刘半农的弟弟、著名音乐家刘天华不幸英年早逝，他提议出版《刘天华先生纪念册》。

1933 年，刘半农与钱玄同等十二人联名在报上发出为李大钊烈士举行公葬募款书，并书写墓碑墓志。

1934 年 1 月，尊古斋将原购买两件莽权交至古物保管委员会北平分会，七件权衡合在一处。1 月 12 日，刘半农就开始着手对莽权做科学检测。他是对新莽权衡进行全面科学测量的第一人，对新莽度量衡制度有着综合的研究。后世人们研究新莽嘉量和权衡大都采用他的测量数据，参考他的研究结果。本文将他 1934 年日记中与度量衡有关的记载，全部摘录如下：[①]

---

① 刘小蕙：《父亲刘半农》，上海：上海人民出版社，2009 年。

1934 年 1 月 12 日 晴

下午到安定门内分司厅胡同河北省度量衡制造所测定莽权之重量，莽权凡四事，并线衡三事。原为甘肃省政府所有，后为人窃运到津求售，叔平知之，即以古物保管委员会名义函津警署扣其物，捕其人。余乃得有测验机会。测验结果，应是二四四·九二五（瓦）当一斤，往年依故宫所藏莽量测得二二六·六六七当一斤。相差约十分之一而弱，当作小文记之。

1 月 22 日 晴

上午写《莽权价值之重新推定》一文，备交中央研究院集刊。①

2 月 1 日 雪

上午清检莽权文图样。

2 月 8 日 晴

晚赴撷英沈麟伯之宴。马叔平见赠仿制周屦氏编钟尺一枝，原物为福开森所得，与屦氏编钟同时出土，故名，尺长二百三十一米里许，与余就新嘉量所推得莽尺之值甚近。

2 月 14 日 晴

阴历元旦，休息，拟造一小器，是方管形，管容一升，边刻一尺，体重□斤，按王莽所颁度量衡校制，亦即周制

---

① 仅十天后，他写成论文《莽权价值之重新考定》，发表于《国立中央研究院历史语言研究所集刊》第三本第四分册。这是国内研究新莽权衡的第一篇学术论文。

也。并拟定名为古度量衡备，取举一器则三事备之意。

4月15日　晴、暖

饭后到小市，得元大德三年权一枚，上有五体文字，甚稀见可贵。

4月20日　晴

下午到研究所，到北平图书馆检阅参考书，并向傅惜华借庚子时日人所编义和团战争全图一册、西洋人所编中国照片一册，又向刘子植借阅秦汉瓦砖集录一册，中有汉砖一，以衡器为图案，式样与今日民间所用之秤相同，可见此物由来已久。按之情理，此物之发明，必在天平之后，西洋人呼为罗马秤。想是古罗马时即有之，然则是中国传入罗马邪，抑自罗马传入中国邪，抑各自发明，不相为谋邪，是当更求证据，方能考定。

4月27日　阴

下午与沈仲章由唐立厂介绍，到尊古斋测验所藏古镜之音律。

5月26日　晴

下午到团城参观西北文物展览会。

　　刘半农的日记中与度量衡有关的内容就是这样。他去看展览的团城，即古物保管委员会北平分会会址所在地。1934年5月25日，《甘肃民国日报》报道《西北文物展览会定今日在团城开幕》：

北平二十四日电：平市各学术团体联合会举办之西北文物展览会，定二十五日晨在团城开幕，所有展品多系罕见古代遗物，均有历史价值。

在团城举办的西北文物展览会上，七件新莽权衡第一次在甘肃之外向公众公开展览，这是当时甘肃省大多民众都不知道的。

西北文物展覽會　定今日在團城開幕

北平二十四日電　平市各學術團體聯合舉辦之西北文物展覽會、定二十五日開幕、所有展品多係罕見古代遺物、均有歷史價值、【廣】

浙保團會議

杭州二十四日電　浙省保衛團務會議、昨日起下午開通二計上下午開通過關於保衛團之訓練編制、政等案十餘件及於議、【廣】

1934 年 5 月 25 日《甘肃国民日报》之
《西北文物展览会定今日在团城开幕》

民国度量衡改革

刘半农 1934 年 1 月 12 日的日记说，他到"河北省度量衡制造所"去检测莽权，这说明古物保管委员会集齐七件莽权后，不是立即保存起来，而是先送去专业机构用专业仪器做检测。此前1931 年 7 月 5 日报纸专访马华瑞时提及"莽权既具历史价值，又值此统一全国度量衡之际，其可供参考之处甚多"。新莽权衡之所以引发社会各层旷日持久的关注，引起"省院之争"，除了其自身价值，还与当时民国政府推行度量衡改革这一时代背景密切相关。

中国度量衡的发展有着悠久历史。传说，华夏民族的人文始祖伏羲生于甘肃，敦煌莫高窟第 208 窟西魏壁画有女娲、伏羲像，女娲双手擎石补天，伏羲持尺量天破之大小。原始社会末期，随着私有制和交换的产生，度量衡开始出现。距今 6000 多年前，甘肃秦安大地湾人有了原始的测量。1981 年，甘肃省考古工作者在大地湾遗址的集会之室发掘出陶制的条形盘、陶抄、四鎏罐三件容器。三件容器的容积正好为十进倍数，条形盘容积为

264.3 毫升，陶抄为 2650.7 毫升，四錾罐为 26082.1 毫升。[1]
甘肃兰州马家窑文化遗存中，出土一件距今 4000 多年的马厂
类型折线蛙纹异形彩陶器，有学者认为这可能是一件远古的称
重器。

周朝，度量衡制初步形成。春秋时期，各诸侯国度量衡制自
成体系。公元前 221 年，秦始皇统一六国，统一全国度量衡，制
造度量衡标准器颁发各郡。西汉基本沿用秦制。王莽时期进行了
重大的改革，尽毁前代之器，重新制颁度量衡标准。东汉沿用莽
制，三国时期沿用东汉之制。晋代沿用东汉制。南北朝时期，度
量衡制混乱，各国任意增大单位量值。隋朝，隋炀帝采用新莽之
制。唐、宋、元、明、清，基本是承袭前制。纵观我国度量衡发
展史，秦汉时期无论是制度的建立还是标准器的制作，都占有重
要的地位。此后王朝兴衰，改朝换代，但是总以追求秦汉古制为
准则。

清末鸦片战争以后，外来制度不断输入，传统制度受到冲
击，度量衡极度混乱。加之清末海关开放，各国以中国官民用器
漫无准则为借口，各自将本国的度量衡制度带入中国，如海关
属英国人管，则用英制；邮政属法国人管，则用米制；铁路、航
路，主权属英美的用英制，属德法的用米制，属日本的用日制，
属俄国的用俄制。据吴承洛调查："各地定度量衡器具，匪独省

---

① 甘肃省地方志编纂委员会编纂：《甘肃省志·计量志》，兰州：甘肃人民出版社，1990 年，第 1 页。

与省异，县与县殊，即东家之尺较之西邻，有若十指之不齐。"①

民国三年（1914 年），北洋政府拟定《权度条例草案》，决定采用甲、乙两制并行，即以营造尺、库平两为甲制（长度以营造尺一尺为单位，重量以库平两一两为单位），以万国权度通制为乙制（即米制，长度以一公尺为单位，重量以一公斤为单位）。次年又颁布了《权度法》，但北洋政府的制度成为一纸空文，改革未能推行。

民国十六年（1927 年）南京政府成立，各省政府及通都大邑的商业团体以当时混乱的度量衡状况直接危害国计民生为由，纷纷呈请改革。南京政府于 1928 年颁布《中华民国权度标准方案》，1929 年颁布《度量衡法》，规定全国度量衡以万国公制（米制）为标准制，以民间习惯的市用制为辅制。米制与市制的换算关系使用的是吴承洛②的"一二三制"，即容量一公升为一升，重量一公斤为二市斤，长度一公尺为三市尺。这一制度在全国度量衡统一工作中起到了奠基性作用。

吴承洛的《中国度量衡史》是我国第一部度量衡史专著。该书收录并详细介绍了新莽权衡。吴承洛工作极为认真严谨，献身于学术，他还创作了《全国度量衡划一概况》，牵头制定多项实

---

① 吴承洛：《中国度量衡史》，北京：商务印书馆，1937 年。

② 吴承洛（1892—1955），字涧东，福建浦城人。我国著名化学家、度量衡学家。他曾在美国留学，回国后应蔡元培聘请，任南京国民政府大学院秘书，开创了新的民众教育制度。1928 年后任实业部度量衡局局长兼度量衡检定人员养成所所长，中央工业试验所所长，经济部工业司司长和商标局局长。

合い寸數
1998 cm

福州木尺
象山木工尺

20 10

27.35 鎮海家用尺
28.76 吉林木尺
29.90 廈門
30.30 日本法定尺
30.48 英尺
31.83 黑龍江木尺
32.00 營造尺
32.63 北平裁尺
⅓ M 市尺
33.36 四川通用尺
33.60 北京用尺
34.09 天津裁尺
34.40 蘇尺
34.53 上海裁尺
34.70 杭尺
35.24 漢口其餘尺
35.80 海關尺
37.25 廣東洋裁尺
43.65 HANAN LARGE
57.98 HONAN LARGE

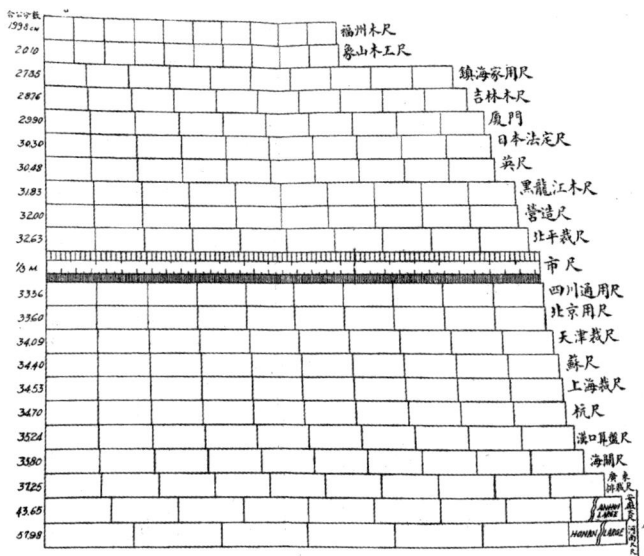

吴承洛《中国度量衡史》之各地量器

「直柱一衡一鈎一權四」據冰岩君曰：「甘肅省教育館舊存新莽衡權計衡一權四鈎一衡有銘文殘缺不完存七十一字。案此七十一字，乃新莽度量橫衡程銘八十一字之前七十一字，見後。四權中一權銘文與衡同一殘缺僅餘律、建、

第一三圖　新莽橫衡原器圖

第一二圖（一）

第一二圖（二）

吴承洛《中国度量衡史》之介绍新莽权衡

定三字，一已殘剝無字，一僅餘一銖字。」冰岩君所云者即今存古物保管委員會中之新莽權衡也。

冰岩君所謂存七十一字之衡，是爲度非衡也。除此而外計古物保管委員會所存爲權四、衡一、新莽

權衡原器如第一三圖。

五量各有一分銘僅其所言度數異其文義均相同五權之分銘隋志載一石權銘曰：「律權石，

重四鈞；」一石勒十八年賫見之圓石，其銘後文有「同律度量衡有新氏造」，九字但故莽權銘，以後魄發見者爲是。則其餘四權之分銘，可依此

類推冰岩君所云四權除一權已無字不計外其一權銘文與衡同即謂總銘其一權餘律、建、定三字，

當即總銘中之「律」「建」「定」三字其一權餘一銖字當即銖權或兩權銘中之銖字

甘肅省教育館尚存一最大之權是乃石權漢志曰「五權之制……圜而環之令之肉倍好

者，」觀四權圖之形式誠然又衡上亦有一總銘全在衡之中央並無分銘又有一鈎其式與現今桿

秤之鈎同未知是否屬於此衡者。

古物保管委員會所謂「直柱」即冰岩君所謂「衡」者實乃度標準器，如第一四圖。

吳承洛《中国度量衡史》之介绍新莽权衡

第一四圖　新莽度原器圖

漢志言度制「高一寸，廣二寸，長一丈，而分寸尺丈存焉」，今據圖高廣之度正相合，以前第三章改定新莽尺之尺度計之，高一寸，廣二寸，正相合。

長僅五尺八寸，然器中總銘僅餘前七十一字，而度器亦有分銘則自斷處以後，合總銘缺字及分銘當可足四尺二寸之數合長當爲一丈。

又嘉量雖爲一器，而五量分制又五權亦分制，故五量五權之分銘各有五，五度僅有二器，其一爲存分寸尺丈之四度，即第一六圖之度原器，其一爲引制二器當僅有二分銘其銘雖不可考之於器但可證於漢志，又漢志分五度五量五權衡之制不詳蓋衡爲權之用故衡無分銘茲將新莽度量權衡標準器之制作，總括說明如次：

一六七

吴承洛《中国度量衡史》之介绍新莽权衡

施法规，如《度量衡法施行细则》《度量衡检定人员养成所组织规程》等。

民国政府将原北平权度制造所改为度量衡制造所，监督赶制标准器具，颁行全国。民国十九年（1930年）通知各省市保送高、初两级检定学员来南京，在度量衡检定人员养成所接受培训。此年成立全国度量衡局（后改为中央标准局），统一掌管全国度量衡工作，此外，各海关度量衡也于民国二十三年（1934年）改用新制。

度量衡检定人员养成所自1930—1935年间，共举办七期培训班，培养高级学员85人，初级学院361人，低级学员38人，合计学员484人。这些学员几乎分布全国各省，学员回到本省后，成为推动度量衡制度改革的原动力，除继续推动本省度量衡划一工作，亦开展省内度量衡检定人员的培训。

民国政府按照各地情况，将全国完成划一度量衡分为三期：第一期江苏、浙江、江西、安徽、湖北、湖南、福建、广东、广西、河北、河南、山东、山西、辽宁、吉林、黑龙江及各特别市，于民国二十年（1931年）年终前完成；第二期四川、云南、贵州、山西、甘肃、宁夏、新疆、热河、察哈尔、绥远，于民国二十一年（1932年）年终前完成；第三期青海、西康、（内）蒙古、西藏，于民国二十二年（1933年）年终前完成。

规划虽如此，但各地进度不一。1932年6月19日，《西北新闻日报》：

《实业部全国度量衡局局度量人员养成所毕业同学录》中之学员合影

《实业部全国度量衡局度量人员养成所毕业同学录》中之学员学历统计图

西安建厅厉行西安市度量衡划一办法，前经规定于本年三月底为划一完成期限，然逾限业经数月，不但划一尚未完成，而且新旧参用，情形极为复杂，各商意存观望，故违功令，似此破坏新政，目无法纪，殊属妄肆已极。故特发出通告，严令西安市商民，凡为购领新器者，即尊令备购，径向陕西度量衡制造所购领，以备行使，毋再惑于谣传，故意规避。

8月22日：

陕建厅顷呈省府，称度量衡检定所定本市发出新衡，自六月二十五日起，七月三十日至，共计一月有余，将西安共分八区，按照商号家数及发出新衡器数目规定检定日期，先后从事检定。现在完竣。截至现在共计检定一千二百余杆合格，当日烙印发还，分别登记。其中十之二三，大抵因材料未干，及商民使用不得法，遂至发生与原定不合（多系大秤）共计四百余杆，均予免费修理。

甘肃的度量衡改革本应于1932年底前完成，虽然实际进度有所落后，但一直组织推进，此类新闻屡见报端。1932年第1卷第6—7期《甘肃省政府公报》刊载了《实业部全国度量衡组织条例》。1933年12月22日《甘肃民国日报》：

实业部全国度量衡检定所以边远省份、对于推行度量衡新制事业多不明瞭、筹备上极感困难，全国度量衡综揽全国度政，早有规划。财政部所属之盐务、税务上度量衡器，业经交涉妥当，已于今年八月起，做第二次准备新器，决定于明年二月一日前，全国各地一致实行新制。甘肃地处边陲，然划一工作，进行颇速，若民间度量衡器，尚未划一者，将来盐务上先行改用，恐感困难，故该所函请建厅早日推行，以免临时发生困难云。

1933 年 12 月 27 日：

建设厅前购买度量衡标本，器杠杆组五件，因其笨重未经运甘，许厅长特函南京检定人员养成所学员张允忠就便随车来兰。张君已抵平凉，闻建厅得信后，即令平凉汽车站长从速专车运兰，以资应运。

建设厅对度量衡标本器与检定人员养成所学员非常重视，特命令距离兰州 300 多公里的平凉汽车站发专车运送学员和器具。根据《实业部全国度量衡局度量人员养成所毕业同学录》（实业部全国度量衡局编辑发行，1936 年 5 月出版），张允忠 1932 年 2 月毕业于养成所第五期初级班，时年二十五岁，他是甘肃榆中人，甘肃省立第一师范毕业，家住榆中县沙壩街荣兴元号，是甘肃省民政厅附设小学选送到南京学习的。

1933 年 12 月 27 日《甘肃民国日报》之《度量衡标本器具将运兰》

1934 年 1 月 20 日：

　　省府委员会于一月十九日（来复五）上午十时，开一百七十三次会议，……主席提议建设厅呈拟将本省度量衡检定所自本年一月起，暂行裁撤，一切事务，由该厅第四科添设度政股办理，以专责成。

　　到民国二十三年（1934 年），甘肃省各项准备工作基本就绪后，省政府主席朱绍良发布训令，全省推行度量衡新制。

　　民国这次度量衡划一运动，有效遏制了度量衡混乱的状况，为我国度量衡制度与国际接轨，最终走向今天的公制（1984 年法定计量单位公布和实施）奠定了良好的基础。

　　新莽权衡出土、出售、展览、被窃和争归的时代，正是民国度量衡改革全面推进实施的时代，因此权衡的归属才引起如此激烈的争夺，毋宁说，在这样的时代背景下，有关权衡的一切消息都会引起当时社会各个层面的广泛关注。

尾声

公元 9 年至今

　　三斤权，新莽时期衡器部件。外径 7.7 厘米、内径 2.22 厘米，高 2.83 厘米，重 730.1 克。外侧刻铭文"律三斤，始建国元年正月癸酉朔日制"。

公元 9 年，西汉改革家王莽建立新朝。新莽政权进行一系列改革，意欲"享传亿年"。其中刘歆主持完成度量衡制度改革，制作度器、量器、衡器标准器，颁行天下。公元 23 年，新朝灭亡，王莽新政的措施几乎全部夭折，但度量衡制度却被后世奉为典范，尊崇两千余年。

据后世推测，新莽度量衡标准器至少做有一百多套，王国维《新莽嘉量跋》："汉末郡国之数凡百有三，莽制承之。则此器当时所铸，必有百余。"[①]但新莽度量衡器大都没有流传下来，日后在历史长河中偶有出现，总被时人视为至宝，激起一片浪花。

1925 年，甘肃省定西县巉口镇称钩驿出土的八件新莽度器、衡器标准器的颠簸流转，是新莽度量衡历史上最为传奇的一段经历。中华人民共和国成立后，随着考古工作的推进，也陆续出土了一些新莽时期的度量衡，但投入历史长河，能激起一朵浪花者，也只有甘肃的这批器物。如今这片浪花已归平静，其中许多

---

① 王国维：《观堂集林》，北京：中华书局，1984 年。

细节从未被人完整记录、系统探究、全面披露。民国时期新闻业的发展为当时莽权故事的发酵提供了舆论环境，也为今天的探寻者提供了追寻故事的尘封线索。

权衡一直以来是国家统一的象征。在传统的农业社会，统一的度量衡是丈量农业文明的标准，在近现代的工业社会则是一切工业标准的基础。"公平"是人类文明亘古不变的追求，新莽权衡是一杆秤，一杆知识之秤、智慧之秤、公平之秤、人心之秤。新莽权衡通过历史上众人之手，称出了百姓千家的一餐一饭，称出了百姓家计，称出了钱粮金银，称出了国库赋税；新莽权衡通过历史大势的无形之手，称出了帝王百姓，称出了世道人心，称出了古往今来，称出了世事沧桑。

隋大业十三年（617年），薛举和李渊同年起兵，薛举先于李渊称帝。在薛举大军追击之下，唐军全线崩溃，李渊准备迁都。在此时刻，历史的权衡倒向李渊，薛举病故，其子薛仁杲没能再续父亲的传奇。大业十四年（618年），李世民斩薛举之子薛仁杲于长安。如果不是薛举病故，隋朝之后的王朝，是姓李还是姓薛？是唐兴还是秦兴？

发掘出权衡的秦让、秦恭兄弟，一直生活在他们的家乡，直至去世。他们在有生之年，恐怕再也没有见到过被自己卖出的莽权。不少富贾权贵和平头百姓都想将莽权据为己有，但莽权却在秦家，在这个贫寒之家，与兄弟俩朝夕相处近四年。这对农村兄弟最长久、最平静地拥有过莽权，而未被牵扯进波谲云诡的局势之中。民国十八年（1929年）的大饥荒波及范围广，甘肃、河南都是灾区。据李济《安阳》一书回忆，殷墟重见天日之际，河南安阳小屯村的村民迫于生计，相约在小屯村北洹河畔挖掘甲骨，贩卖求生，附近村民亦多参与其中。而在当时的甘肃定西称钩驿，家藏新莽权衡的秦氏农民也正推起小车，贩卖权衡以求渡过难关。中华大地的先民古物，以这种残酷的方式维持着后人的生存。今天人们对古物倍加珍惜，而在乱世，文物古迹绝不会有今天这样的价值和尊严。

1930 年，得到两件权衡的黄浚怕东陵盗案再次牵连自己，于当年关闭琉璃厂西街的尊古斋，在琉璃厂东街新开了"通古斋"古玩店。通古斋门面九间，房屋有上百间，比尊古斋气派得多。黄浚没有直接经营通古斋，而是让徒弟乔振兴当经理，儿子黄金鉴去管账。1945 年，黄金鉴接收经营通古斋，1956 年通古斋参与公私合营。全国解放后，黄金鉴多次将家藏文物捐赠给故宫博物院。黄浚一生著述极多，除《尊古斋所见吉金图初集》外，还有《衡斋金石识小录》《尊古斋古钟集林》《尊古斋陶佛留真》《古玉图录》《尊古斋古玺集林》《衡斋藏印》《邺中片羽》等等，总数上百册。

1930 年 4 月，捐出六件莽权的杨慕时赴任西安市市长。时值中原大战爆发，他极力保护民众，保护古城墙及市内文物，苦心协调各方，终使西安免遭战火。1931 年"九一八事变"后，他积极从事抗日救亡，参与组织东北义勇军后援会，秘密资助中共中央北方局。杨慕时在甘期间，正值国共合作，共同北伐。杨慕时与共产党人积极真诚合作，与宣侠父、刘伯坚、刘志丹等中共党员成为了朋友。20 世纪 80 年代，时任全国人大常委会副委员长的习仲勋在接见冯弗伐（冯玉祥将军之女）女士时，曾深情回忆道：部队有一个时期物资、军需匮乏，有一天忽见刘志丹同志在西北军中结识的杨慕时（字斌甫）带人送来了粮食、马匹和布匹，解了部队燃眉之急，这给他留下了深刻印象。①1945 年春，杨慕时在西安病逝，其时家中清贫，后事由故友帮忙料理。杨先生一生清正廉洁，关心百姓疾苦，政治声誉和口碑极好，被同代人所称颂。

1928 年 10 月，薛笃弼辞去南京政府内政部部长，后任卫生部、水利部部长，国策顾问。1948 年，他辞去国民党政府职务，到上海当律师。全国解放前夕，他拒绝国民党陈诚等人赴台湾的邀请，坚决留在大陆。1954 年 12 月，全国政协二届一次会议召开前夕，毛泽东主席和政协委员座谈时说："现在政协全国委员会的名单是否完全？完全的事情世界上是没有的。这次就把薛笃弼给忘了，将来可以补上。缺点哪年都有的，可以改，可以补救。我们不姓蒋，不是'蒋家天下陈家党'，他们惜墨如金，是党派不叫党派，叫社会贤达。"② 在毛泽东亲自关心下，薛笃弼任全国政协委员、上海市政协常务委员。薛笃弼晚年常说看到新中国新气象，由衷地拥护中国共产党的领导，希望国家日益富强，在家中贴上"听毛主席的话，跟共产党走"条幅，并以此教育后

---

①《胸怀家国，勤政爱民，为民族独立奋斗终生》，《西安晚报》，2019 年 9 月 22 日。

②《关于政协的性质和任务》，《毛泽东文集》，北京：人民出版社，1999 年。

辈。他积极参加各项政治活动，逢会必到，到会必言，坦陈己见。他经常写文章，通过对台广播寄语台方政界故旧，介绍祖国大陆建设成就，宣传爱国不分先后。

1933年1月，离开甘肃的邵力子于当年7月任陕西省主席，在陕期间，他严守军政分治方针，不过问军事，只整顿吏治，将主要精力放在陕西经济建设上。他后来任国民党宣传部部长，驻苏联大使，一直主张停止内战，坚持国共合作。1936年西安事变，邵力子参与和中共谈判，极力促成事变和平解决。1945年，他作为国民党代表参加重庆谈判，促进《双十协定》签订。1949年4月，参加国民党政府和谈代表团，在北平与共产党代表团谈判，通过《国内和平协定》细则草案。中华人民共和国成立后，邵力子任全国人大常委，政协常委，民革常委。他积极参加新中国建设，争取和平解放台湾。他是公认的国民党中民主进步人士的表率，被毛泽东主席誉为坚持国共合作的"和平老人"。

莽权失窃时在任的甘肃省会公安局局长马华瑞，没有详细的生平介绍，只在《兰州市志·公安志》中《民国时期省会兰州警察机构主官更迭表》记载，马华瑞任职期为民国二十年（1931年）十二月到民国二十二年（1933年）七月。他作为陕军孙蔚如选拔的官员，能在1932年4月民国政府主甘后继续任职一年多，也属不易。

莽权失窃时民众教育馆上级教育厅主官水梓，后来又任甘宁青考铨处处长，安徽省政府秘书长，中央考试院委员等职。中华人民共和国成立后，他出任西北军政委员会委员，政协甘肃省委员会常委，民革甘肃省副主任等职。水梓终生服务教育，也钟爱戏曲秦腔，为甘肃戏剧事业做出过贡献。其子名为水天明，水天明有个儿子，是央视著名主持人水均益。

因莽权失窃受到记大过处分的民众教育馆馆长张懋东，除了被免职的新闻，再无其他消息。张懋东的继任者叫柴若愚（1884—1963），是兰州人，毕业于天津政法专门学校，同盟会成员，参加过滦州反清起义。他在天津开设皮件厂，掩护革命事业，还任《大公报》《保国日报》记者，开展革命宣传。他常用自己积蓄资助革命志士，像极了《水浒传》中仗义疏财的柴进，因此被同志们称为"柴大官人"。

柴若愚管理过两处莽权陈列展出的地方。1917年，他担任北京坛庙管理处处长，管理过包括团城在内的公园古迹。"九一八事变"后回到兰州，任甘肃民众教育馆馆长。他在抗战期间充分利用民众教育馆，进行了大量卓有成效的抗日救亡宣传活动。1938年，柴若愚支持抗日宣传团体"王氏兄妹剧团"，上演抗日剧目《放下你的鞭子》，轰动兰州；支持著名青少年抗日宣传团体"新安旅行团"，为那些十余岁的抗日小干将提供食宿，并帮助开展一切革命活动。[①]柴若愚积极参加抗日救亡活动引起甘肃省政府和教育厅的不满，以赤化思想为由，免去了他的馆长职务。张懋东与柴若愚前后两个馆长都被免职，但两人的事业功绩，一个轻

---

① 这些经历详见陈晓斌《信仰：新安旅行团1938》，兰州：读者出版社，2021年12月。

于鸿毛，一个重于泰山，轻重之别判若云泥。

电请古物保管委员会协查莽权的邓宝珊，1936年红军长征经过甘肃境内，他对蒋介石堵截红军的命令采取消极敷衍态度，为红军胜利会师创造了有利条件。西安事变后，他赞同张学良、杨虎城义举，赴西安共商善后之策。抗战期间任第二十一军团军团长、晋陕绥边区总司令，赞同抗日民族统一战线政策，与陕甘宁边区一直保持睦邻关系，多次到延安，与毛泽东、朱德等共产党领导人会晤，联合阻击日军渡过黄河。1948年任华北"剿总"副总司令，代表傅作义同解放军代表谈判，达成和平解放北平协议。中华人民共和国成立后，任国防委员会委员、西北军政委员会委员、甘肃省人民政府主席、甘肃省省长。邓宝珊和毛泽东、周恩来、朱德等党中央领导同志一直保持着珍贵的友谊，他每到北京开会，毛主席总要在中南海约见，以老友相待。他被尊称为"中华民族著名的爱国将领""中国共产党的忠实朋友"。

因莽权归属问题与故宫博物院开展"电文争夺战"的朱绍良，担任甘肃省政府主席至1935年11月。1937年"七七事变"爆发后，率部参加淞沪会战，任中央军总司令兼第9集团军总司令。1939年任第八战区副司令长官（蒋介石兼任司令长官），司令部设在兰州，他又到故地任职。1940年兼任陕甘宁边区总司令，在绥西战役中重创日军。1946年任军事委员会副参谋总长、重庆行辕主任。1949年去台湾，逝世后追晋陆军一级上将。

莽权"电文争夺战"的另一方马衡，在抗战期间，历经千难万险，主持了堪为传奇的故宫博物院文物西迁和维护工作，克服防盗、防日机轰炸、防火、防潮、防霉腐、防虫、防鼠等困难，确保了所有文物的安全。抗战胜利后，主持故宫博物院复原工作。1948年底，平津战役打响，南京国民政府催令马衡将故宫珍品文物运往台湾。他坚守院长岗位，将故宫移交到新中国手中。北平解放后他继续留任故宫博物院院长，后任北京文物整理委员会主任委员。

刘半农自1934年5月26日参观西北文物展览会后，日记写道：

6月1日 雨

本日是阴历四月二十日，余生辰也，四十三整岁矣。

6月4日 阴

余近中自觉精力大不如前，能于事务上少用一分精神，即可于著述上多一份成就。

6月18日 晴、仍热

上午作本年本人研究工作报告一篇，又西北科学考察团本年研究工作报告一篇。下午到研究所，准备旅中一切用品，并与白涤洲、沈仲章、周殿福等约定明日下午在西直门车站相会。到二院开仪器委员会。晚饭后与伦儿同到东安市场购旅中杂用品及食品。夜失眠。

19日 晴

上午仍清理信件等，下午兼士（学者沈兼士）来谈。四时四十分登车，此后旅程中，另作白话日记，取其易写，又易于详尽也。回平后再续本记。去年以六月十九日赴汴，今年亦以此日赴包，颇巧。

刘半农一生的日记到此结束。他之所以赴包头，是为完成《四声新谱》《方音字典》和《中国方言地图》的编写，他率领学生和同仁，冒着酷暑沿平绥铁路深入绥远、内蒙古考察方言方音。他经包头、呼和浩特、百灵庙、大同，至张家口不幸染上"回归热"病，7月9日深夜扶病返北平，14日在协和医院逝世。哲人其萎，《莽权价值之重新推定》成为他最后的学术绝唱。他也无缘看到，根据他谈判的结果，斯文·赫定在中国采集的古物，最终陈列于中国的博物馆。

中国文化传统悠久，自宋代以后，刘半农这代学人之前，历代学者对古代的研究很少超出阅读书籍和对古物猎奇的把玩，基本不做田野的考察。知识分子更不会从事与体力劳动有关的工作。究其原因，科举取士，理学兴盛，读书人的心智都被孔孟礼教所束缚。《论语·子路》讲："樊迟请学稼，子曰：'吾不如老农。'请学为圃，曰：'吾不如老圃。'樊迟出，子曰：'小人哉，樊须也！上好礼，则民莫敢不敬；上好义，则民莫敢不服；上好信，则民莫敢不用情。夫如是，则四方之民襁负其子而至矣，焉用稼？'"《孟子·滕文公章句上》讲："或劳心，或劳力；劳心者治人，劳力者治于人。"孔子、孟子的话成为知识分子的行事标准、权衡准则，一边倒于"劳心"，将"劳力"视作下等人的工作，把自己限制在啃书本的脑力劳动上。直到科举废除、近代新式学校教育制度建立，辛亥革命推翻封建帝制对思想的束缚，新文化运动号召理性、科学思维，中国的知识分子才开始觉醒。中国共产党更是将劳动阶级视为最具革命力量的群体，将劳动人民视为具有崇高光荣地位的人，人类劳动不再以地位高低区分为"劳心"与"劳力"。刘半农先生放下传统知识分子的身段，将"田野方法"作为一种治学手段，将社会调查当作"学问活"的源头。他用他的生命，用《莽权价值之重新推定》这样的学术文章，平衡了知识分子的知识之权、生命之权。

将新莽权衡第一次写进中国度量衡史的吴承洛，1932年日本侵略者在上海发动"一·二八事变"，他与中共地下党员钟林一道，对烟幕、毒气等进行研究，研制出防毒面具，为国防化学做出了贡献。1937年，国民政府西迁重庆，他为了保护南京度量衡检定人员养成所的一批精密仪器，让同仁先走，自己等待仪器装箱西迁后才乘上火车。抗战期间任经济部工业司司长，组织内地重要工厂迁川事宜。在重庆主编数百万字的《三十年来之中国工程》巨著，桥梁工程专家茅以升认为"该书记录和收集了我国工程界人士励志图强、精勤创业的翔实史料"。1949年，国民党政权全面崩溃，时任商标局局长的吴承洛为了不使他主管的重要资料流失，携带商标专利和重要图表6万余册前往香港。中华人民共和国成立后，吴承洛从香港携带资料回到北京，资料完整无损。吴承洛任政务院财经委员会技术管理局度量衡处处长和发明处处长，主持建立度量衡制度、标准制度、发明专利制度和工业试验制度，为建立健全新中国的计量和专利制度做出新的贡献。

中央文教委员会设立全国学术名词统一工作委员会，吴承洛被聘为化学名词小组成员，对《化学命名原则》进行了重新修订，改称《化学物质命名原则》，由中央人民政府政务院公布施行。吴承洛的一生是勤奋钻研科学的一生，是献身学术事业的一生。他家中放满各类书籍，日夜不停地工作。1955 年因病在北京逝世，他去世前的《自传》中写道："我的嗜好只有工作，我的生命就是我的意志，在任何社会环境中，我有我的坚毅不拔的意志，这个意志就是工作。于学习中求进步，于工作中求进展。人生以服务为目的，我立志为科学技术服务，立志为祖国、为人民服务。"

追回莽权的王作宾，对他的全部了解，仅限于那册《古物保管委员会工作汇报》，除此之外，再没找到他的任何资料。我曾通过追寻，一度以为当时的北平研究院植物学研究所所员王作宾（1902—1989）与古物保管委员会北平分会王作宾是同一人。1929 年 10 月，国立北平研究院设立植物学研究所，创建初期通过公开招考，引进王作宾等人从事标本采集工作。这两个王作宾处于同一时代，同一城市，都是知识分子，工作环境也相仿，都在野外从事科学调查。

植物学研究所王作宾在其所著《陕西太白山植物纪要》[①]序言中说："余于民国二十二年（1933 年）七月，由北平研究院植物研究所派赴太白山采集植物标本。十日由西安出发，十三日抵眉县，住太白山下齐家寨，十七日即进山采集，以嵩坪寺、北大殿

---

① 生物科学学会编：《生物学杂志》，第一卷第 2 期，1936 年。

及大爷海等处为中心，绕坡沿沟，登峰造极，采集约三十日，计得标本九百余号。期间除广为收集植物标本外，对于该山形式、气候、植物之分布，及有用植物亦略为考查。"而此时，根据《古物保管委员会工作汇报》记载，古物保护委员会北平分会的王作宾正在北平从事宝塔寺调查。可见是二人不是一人。但两人都是他们所在行业的翘楚，植物所王作宾广泛进行植物标本科学采集，于1933—1934年到太白山，山西北部，小五台山、张家口，内蒙古采集；1935年到山西南部；1936年到甘肃南部，青海，秦岭；1936—1937年到青海西宁，甘肃文县、平凉和四川松潘采集；1939年到宜昌、巴东、兴山等地采集标本。这位王作宾终其一生采集标本，参与编写多种植物志，为我国植物学研究做出了基础性贡献。今天中国科学院植物研究所植物标本馆，还收藏着王作宾当年从河北及秦岭采集的植物。

在寻找王作宾的踪迹过程中，发现了一处令人称奇的历史巧合。1932年第1卷第6—7期《甘肃省政府公报》收录甘肃省政府秘书处办事报告（1932年6月13日—26日），其中第19页《教育报告》记载十八日："国立北平研究院函：为本院派郝景盛、王作宾，赴黄河沿岸采集植物标本，请饬属保护。函复，并通令各县认真保护，暨令行建设厅查照。"同页廿十日："教育厅呈转省立民众教育馆长张懋东呈报：馆内古物新莽权衡被贼盗去，请转令查缉。指令，并令皋兰县公安局、警备司令部邮政管理局及咨绥靖公署驻甘行署迅饬所属严缉究办。"

两条报告竟然神奇地将"王作宾"与"古物新莽权衡被贼盗

去"置于一页一处！我们知道，丢失的新莽权衡是 1933 年由古物保管委员会北平分会的干事王作宾在天津查获，而此前一年，甘肃省政府公报里竟然提前"预言"了破案人王作宾的姓名。虽然 1932 年来到甘肃采集植物标本的是国立北平研究院植物学研究所的王作宾，此"王作宾"非彼"王作宾"——但是，此"王作宾"何尝不是彼"王作宾"！

有关莽权盗窃犯高灿章最后的消息便是 1934 年 9 月 6 日报纸上"讯处徒刑一年又二月亦在案"的报道，自此再无踪迹。由于没有当年审讯口供记录，他究竟如何盗宝不得而知。查寻 1932—1936 年间《河北省政府行政报告》亦未能找到线索，兰州当地民间流传的关于莽权盗窃案的传闻都不足为信史，但综合梳理当年的时事新闻，可对案犯的盗窃过程做一些推测。

莽权盗窃案发生的前一日，紧邻教育馆东侧的侯府街发生了一场火灾，1932 年 6 月 17 日《西北新闻日报》报道：

> 鼓楼东侯府街三十六号，于昨午四时许忽起火，气焰四涌，当时此街各商，多行将门关闭，市面顿起恐慌。省会公安局闻讯，即派消防队携带吸水机多件，前往捕救。至五时始熄。闻该号内损失，至起火之原因未明。

该区域前一天起火，后一天发生窃案，应有可能为窃贼故意放火破坏街面路灯及线路，造成夜间街头黑暗，准备掩盖次晚在教育馆门口街面的盗窃行踪。

本院派郝景盛王作賓，赴黃河沿岸採集植物標本，

館內古物新莽權衡被賊盜去。

卷第六七期公報
報告

十七日

財政廳呈爲山丹縣□呈該縣第二高級小學校附設永固協署撥歸張校籌費以作當年經費，請示遵，指令，前據教育廳呈爲封府，業經會務會議決議，由教會調令縣景復諮項官產而稍私價，再候辦理，仰知照。

十八日

教育廳呈本省立第六師範學校初中科產生吳延年等畢業成績表，請鑒核，指令，准予備案。

留掛學生歐俞英呈懇迅筋附教兩題俟逾郷匯欠費，以資救濟，批，已介教育廳妥爲介適圈。

國民北平研究院函爲本院派郝景盛王作賓，赴黃河沿岸採集植物標本，請飭屬保護，術復，並函介各縣認真保護聚合行趙設廳查照。

武威縣學款積置委員會等呈請介縣查教令寺縣公辦課教育，指令，交令武威縣長辦查具禮，辦義酌進。

教育廳呈甘省立民衆教育館本年六月份經費寳單，請鑒核，指令，逡令財政廳查照核發。

廿日

教育廳呈轉省立民衆教育館館長鎮愍棠呈報第內古物新莽權衡被賊盜去，請移令查核，指令，証令皋蘭縣公安局嚴緝詞令郵政管理局及交綏靖公署呔甘行蹤追捕逐訪所屬嚴批究辦。

蘭州市省立各小學教職員聯合會呈請薄經積欠經費，並墾寫行酌案，被月發給以資維持，指令，積欠惠備財政再發本年到度費夜月接發，並令行財政廳查照辦理。

財政廳呈復蘭州氣象測候所本年五月份救費已愛案支付，請逡核分知，指令，並令建設廳得悉知照。

19

1932 年第 1 卷第 6 期—7 期《甘肃省政府公报》之
《教育报告》，古物新莽权衡被贼盗去

1932年兰州雨水颇多，2月15日省内第一个气象观测机构气象测候所设立，但因所里缺乏设备，一直未能正常运行。至5月下旬，所长朱允明对外报告所里开始"向中央上海西安各气象台做正式天气报告"，此后兰州的天气情况时见报端。这说明测候所自5月起，虽还未在兰州进行常规的天气预报，但已具备预测最近几日天气的能力，若有人想提前知晓6月17日前后的天气，去测候所询问，应该会得到答案。值得一提的是，气象测候所所址在外城西翠英门的农业试验场内，距离教育馆不远，窃贼借打听天气的名头去教育馆附近踩点都是顺路的事情。

　　荐权在天津被发现，而窃贼在天津有张科甲提供的落脚点，当时兰州、天津两地如何联系？窃案发生后不久，1932年7月9日报刊：

　　　　兹探得该无线电台（兰州电报局无线电台）与天津电台，业经试验成功，即日收发商报。此次兰州局架设无线电机，开甘宁商报电台之先声，对于兰州商界，为空前之便利。

8月16日：

　　　　甘宁电政局，自邵（力子）主席捐拨无线电机后，即积极从事修理装设……兹悉该机现已与天津正式通报，异常迅捷，毫无阻滞之弊，拍电商户，莫不称便。

！地址黃河沿水洞樓！

訪訊：蘭州市農會，近為進行各區農會工作起見，擬在廣武門外黃河沿水洞橋，召開各區農會聯席會議，討論一切進行事宜。劉正在籌備中云。

侯府街昨午火警

▲三十六號微受損失

訪訊：鼓樓東候府街三十六號，於昨午四時許忽起火，氣焰洶湧，當時此街各商，多行將門關閉，市面頓起恐慌，省會公安局聞訊後，即派消防隊攜備吸水機多件，前往撲救，至五時始熄，聞號內損失，至起火之原因未明云。

1932 年 6 月 17 日《西北新闻日报》之《侯府街火警》

窃贼利用新设电报，用黑话暗语与天津交流，也是有可能的。

诸多变化给窃贼窃走莽权提供了现实条件，而如前文所说，当时兰州政局新变又注定了无论是事前对国宝的保护还是事后的追查都充满了粗疏推诿。莽权各器兄弟分离，可能是注定的劫难，令人唏嘘。

而陈列新莽权衡最初的家——甘肃省民众教育馆，全国解放后被兰州市文化局使用，后来兰州市秦剧团也入驻。"文化大革命"期间，原庄严寺内塑像、牌匾均被拆除。至20世纪90年代，全院只保存有三座大殿，1995年至2003年，三座大殿整体搬迁至城南五泉山二龙岗，与原兰州市动物园处同一区域，恢复原名"庄严寺"。庄严寺缘起于秦王宫殿，兴盛于寺庙殿堂，转折于教育机构，辉煌于国宝之家、抗日舞台，复又归于平静，成为机关大院，最终沉寂于寺院古刹。教育馆的一生正像普照寺的"蓝和尚"，顺应时代，默默奉献，相信庄严寺的历史上，也一定不缺乏如"蓝和尚"这般心怀信仰、投身家国大业之辈。

甘肃省民众教育馆内唯一幸存的那枚石权，一直留在馆内，兰州解放后于1953年移交西北人民科学馆，科学馆于1956年更名甘肃省博物馆。

1934年6月14日，故宫博物院收到古物保管委员会北平分会移交的原尊古斋收购的衡杆、律九斤权，前一年，故宫已将重要文物南迁上海。为保存南迁文物，1935年故宫开始设立南京分院。1935年7月—1936年10月，故宫北平本院对留存文物进

庄严寺新修山门。陈晓斌 2019 年 7 月摄

庄严寺中殿，又名大雄殿，明正德年年始建，清代修缮。歇山顶前出卷棚廊，
面阔五间（17.9 米），进深四间（12.4 米）。陈晓斌 2019 年 7 月摄

庄严寺后殿，又名五佛殿。清道光三年重建。悬山顶，面阔五间（19.5 米），进
深四间（12.8 米）。殿廊外侧西壁镶《补修五佛殿记》碑。陈晓斌 2019 年 7 月摄

行点查，坚持对外开放，留守人员从百万件留存文物中挑选精品办专室陈列展览。1937年"七七事变"爆发，7月29日北平沦陷。这两件莽权就留在故宫博物院北平本院，见证沦陷岁月。中华人民共和国成立后，两件莽权从故宫博物院转存中国历史博物馆。

其余保存于中央博物院筹备处的五件权衡（三权、一钩、一丈），随着抗战局势的变化，开始踏上在国内各地艰苦漂泊的旅程。1937年11月，中央博物院筹备处连同所属的文物迁离南京，与故宫博物院文物一道，分三路转移到西南各处。1938年转运至重庆沙坪坝。1939年因重庆遭受日军空袭，所有文物转运至昆明。1940年因昆明也遭受日军空袭，所有文物转运至四川宜宾李庄镇。李庄镇位于宜宾市和南溪县之间，面江背山，安全可靠。至此，五件权衡随同中央博物院筹备处，伴随着陆续迁来李庄的中央研究院历史语言研究所、中央营造学社、同济大学、金陵女子大学、北大文科研究所、中国大地测量所等科研教育机构，共筑起抗战时期的文化中心。抗战胜利后，1946年5月—1947年3月，中央博物院筹备处将全部文物运回南京。故宫南迁文物也于此时期运回南京故宫博物院。

李济先生1941年10月向国立中央博物院筹备处理事会提交的《国立中央博物院筹备处九年来筹备经过简要报告》详述其文物艰苦漂泊的旅程：

本处自七七事变以后，即着手选择藏品，分装多箱，经赣入湘，妥为安置，并以一部分箱件密行故宫仓库（即南京朝天宫故宫博物院库房。1936年故宫博物院将存上海的文物迁运至南京新库房），一部分珍品密存兴业银行，而迁办公处于华安里照常工作。迫十一月十八日奉令西迁，乃星夜整理文卷，收拾器物随同故宫古物离京迁汉，所携箱件统存于平和洋行库房。在汉月余，复奉命入川，于是又携带藏品经宜赴渝，于二十七年一月底到达。设办公处于新市上中二路，向重庆大学借地，与中央研究院合建临时库房于沙坪坝，所有本处由京运湘、运汉各物品均先后分批运到（故宫南迁文物加上中央博物院筹备处等单位文物，分三路运往四川，其中巴县存80箱，峨嵋县存7287箱，乐山县存9331箱），存庋库内，派员驻守，以资维护。本处以筹迁较早之故，计遗于南京者只少数笨重石器及标本模型，举凡历年搜集之大河南北出土珍品悉数西移，档案簿册亦一概移运，幸尚无片纸只字沦入敌手，此则可告无愧者也。

本处自迁渝后，古物庋存沙坪坝仓库，尚称安谧。五月渝市惨炸，各机关奉令疏散，本处亦呈准迁移昆明办公。沙坪坝存物乃有重策安全之必要，因议定择地分存办法，经呈准备案，分途进行。惟以交通工具困难之故，不能速行起程，迟之又多方交涉，始于六月终获运送，首批古物五十三箱于昆明，七月终运送二批占物七十八箱于嘉定，九月终由成都运送川康标本十二箱于嘉定，均需妥为庋藏，派员驻守，并造具清册，先后密呈教育部备案。十月初古物运完，乃依遵前令将处内人员、文物全部迁移昆明。抵昆明后，更

故宫文物西迁之艰苦运输情形。图选自《故宫跨世纪大事录要》

着手调查内部，充实组织。二十九年（1940 年）上期，处内机构完成，一切行政均按预定计划循序进行。六月德法议和，欧局改观，影响所及，越南亦复多事，滇越路停运，昆市惶惶。本处为未雨绸缪计，又复检装藏品，呈部指示方针。八月迁运令下，本处即分别向贵州安顺及四川南溪等处访择适当庋藏地点。时仍以运输统制，车辆困难，且物价高涨，运费不足，难于启运。经多方筹划与商洽，乃随同中央研究院历史语言研究所等机关并得军事机关协助，于十月初始将迁滇藏品开始运送，职员眷属及应用公物等亦陆续启行，年终运输完毕，全部到达南溪（具体即为李庄镇），即现在办公地址也。[①]

1948 年 4 月，南京中央博物院的第一期工程终于竣工。5 月 29 日—6 月 8 日，中央博物院与故宫博物院在新落成的博物院陈列室内举办了联合展览，展出商周铜器、汉代文物、民族文物、历代帝后像等，五件新莽权衡一同参加展览。蒋介石、于右任等政府要员、社会名流出席参观，观者塞途。

1948 年联合展览后，国民政府将北京故宫、中央博物院的精品文物运至台湾，成立中央博物图书院馆联合管理处，五件权衡被一起带走。1965 年台北落成新馆，定名"台北故宫博物院"，又名中山博物院，自那时起至今，五件权衡就停留在那里。

---

① 刊载于《民国档案》，2008 年第 2 期。

国营兰州特种工艺厂葫芦车间",现在这个车间雕刻的葫芦不论在数量或质量上,都提高了不少。如今年4月以前,每月最多只能雕刻出九十个,到5月份已提高为一百五十个。6月份又提高到一百六十个,本月份将达到一百九十个。目前这个车间的艺人正在雕刻一套"西游记"和一套"孙悟空大闹天宫",将在本月底完成,寄途北京参加国庆展览。

阮光宇 作

珍 贵 文 物 进 北 京

送往北京的汉代木椅。

最近,甘肃省博物馆选出了一批珍贵文物约一百六十多件,其中有新石器时代的彩陶瓶、彩陶盂、骨针、石釜、陶纺轮、石刀,汉代的葬权、剑斜、陶楼院、木椅,唐代的象牙造象、宋代的模印花砖,以及西夏文墨迹草书等。这批文物已送往北京中国历史博物馆,将参加在北京举办的建国十周年国庆展览。

送往北京的新石器时代的带蒸隔陶甗。

1959 年 7 月 10 日《甘肃日报》之《珍贵文物进北京》

1949 年 10 月，中华人民共和国改原国立历史博物馆为北京历史博物馆，1958 年在天安门广场东侧修建中国历史博物馆和中国革命博物馆新馆，1959 年 8 月两馆竣工，成为建国十周年十大建筑之一。国庆节前夕，国家从全国各地上百家单位征调文物，参加中国历史博物馆的"中国通史陈列"展览。

1959 年 7 月 10 日，《甘肃日报》报道《珍贵文物进北京》：

> 最近，甘肃省博物选出了一批珍贵文物一百六十多件，其中有新石器时代的彩陶罐、彩陶盂、骨针、石釜、陶纺轮、石犁，汉代的莽权、铜斛、陶楼院、木兽，唐代的象牙造象（像），宋代的模印花砖，以及西夏文墨迹草书等。这批文物已送往北京中国历史博物馆，将参加在北京举办的建国十周年国庆展览。

藏于甘肃省博物馆的新莽律权石，以及藏于故宫博物院的新莽衡杆、新莽律九斤权，都被调拨参加"中国通史陈列"展览，展览引起社会强烈反响。自那时起到现在，三件权衡就珍存在那里。1960 年北京历史博物馆更名为中国历史博物馆。2003 年，中国历史博物馆和中国革命博物馆合并，成立中国国家博物馆。

苟日新，日日新，又日新。新莽权衡诞生已两千余年，甘肃莽权出土也不过九十余年，长河一瞬，新莽权衡必定会与时常新。祈盼不久的将来，海峡两岸的莽权，能够团圆。

附录：新嘉量之校量推算

新嘉量之校量及推算

劉復著

中華民國十七年十二月一九二八年

輔仁大學輔仁學誌編輯會印行

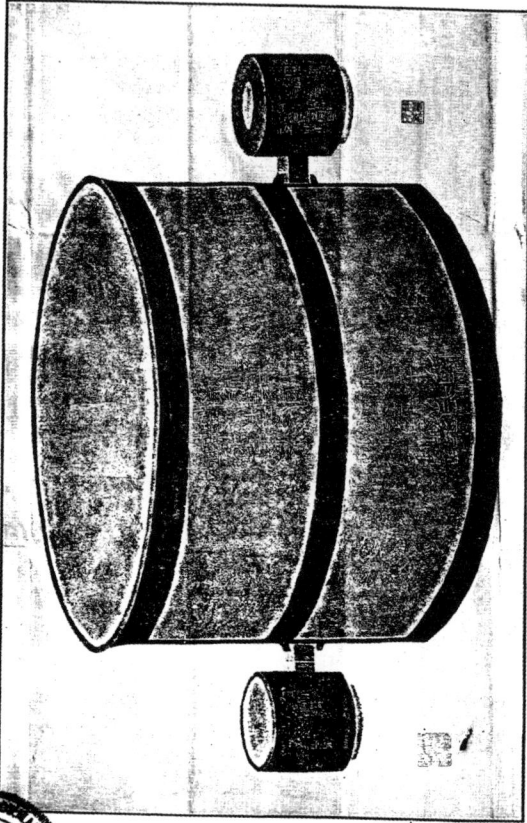

故宮博物院藏器

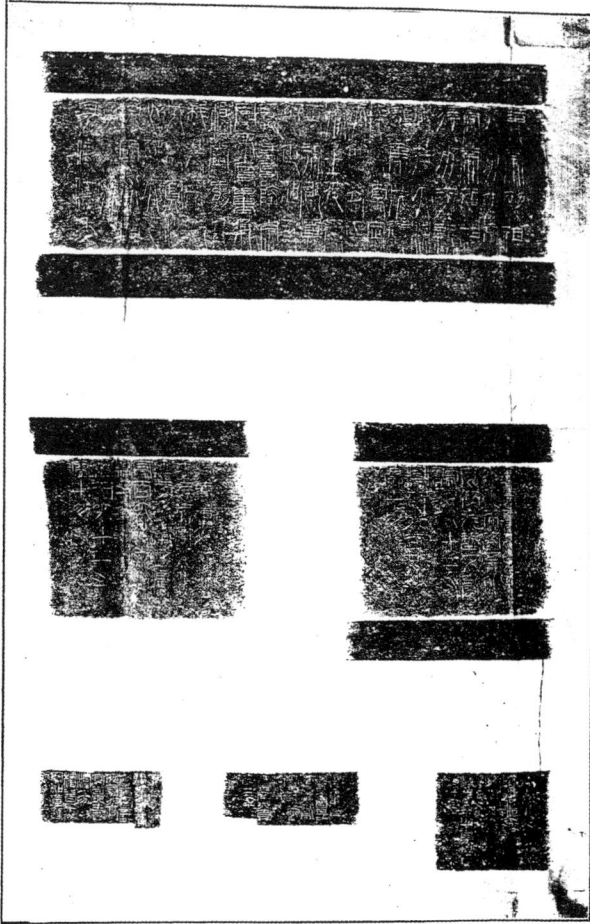

新嘉量之校量及推算

劉 復

十七年四月二十九日在日本京都東亞古考學會講

（前略）講題是 "新嘉量之校量及推算"，換句話說，是："就校量新嘉量所得的結果以推算此量器中各種單位的價值"。

這一件量器是王莽時候造的。 隋書律歷志稱為"王莽時劉歆銅斛"，西清古鑑（卷三十四）稱為 "漢嘉量"， 翁方綱兩漢金石記（卷四）稱為 "王莽銅量"， 王國維先生稱為 "莽量"， 吾友馬衡先生稱為 "新嘉量"，較為妥當，今從之。

西清古鑑中有此器之圖形及刻辭，兩漢金石記中則僅有刻辭而無圖，且謂 "王莽銅量未知存否，今所見摹本篆文五段如此，依而錄之"。

"此器不知其所自來，經此二書著錄以後，亦絕無道及之者。 此器之若存若亡，二百餘年於茲矣。 十三年冬，點查清故宮物品，得之於坤寧宮，雖已炱掩塵封，而物猶無恙"。（馬衡先生說）

關於這一件量器的歷史上的考證，王國維先生的 "莽量釋文" 和馬衡先生的 "仿製隋書律歷志十五等尺說明書" 中都已說得很詳盡（馬先生別有 "新嘉量考" 一文，尚未付印），現在不必一一復說；卻有一件事應當注意：此器與漢書律歷志中的備數和聲審度嘉量衡權五篇文章，都是劉歆做的；所以以此器與漢志相證，無一不合。

此器本身所代表的，只是新莽一代的度量衡。 但是，假使我們能够把這一代的度量衡精密推算出來，必定還有許多別時代的度量衡，可以借着它間接推定，——如隋書律歷志裏的十五等尺，便是很明顯的例。 所以，我們應當認這一件量器爲解决中國古度量衡問題的一個總關鍵。

這是就考古學上說。 就我自己所喜歡研究的律呂學上說，也覺得古度量衡問題之解决，是一件很有趣的事，雖然並不是一件很重要的事（研究律呂，實與度量衡無甚關係。因爲律呂中所注重的是 "相對音高"(relative pitch)，而能與度量衡發生關係的，是 "絕對音高" (absolute pitch)。古人論律，往往不注意律法而先在度量衡上多所爭辯，實在很無謂。但假使我們能有機會把古代的度量衡推定，因而把古代的音樂中的絕對音高也推定，這在律呂學上也不能不算作一種貢獻。），因此，去年夏季馬衡先生向我談起了這一件量器，我就很高興的把校量和推算的事擔任下來了。

器　　形

漢書律歷志稱此器 "上爲斛，下爲斗，左耳爲升，右耳爲合，龠"，其

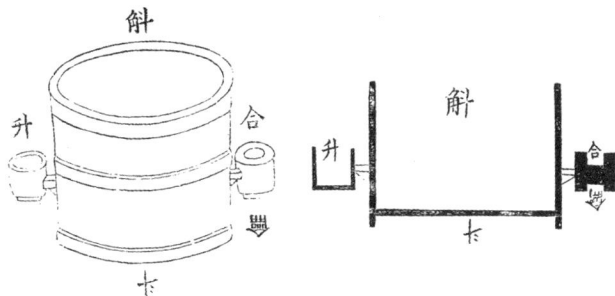

形如圖：中央爲一大圓柱體，近下端處有底，底上爲斛量，底下爲斗量；左耳爲一小圓柱體，底在下端，爲升量；右耳亦爲一小圓柱體，底在中央，底

上為合量，底下為龠量（右耳底壁均甚厚）。　故斛升合三量均上向，斗龠二量均下向，漢志所謂"上三下二，參天兩地"也。

銘

　　器上有總銘八十一字，中謂"龍集己巳，……初班天下"，據此，知此器以王莽改元新建國之年班行天下，即公元九年，距今一千九百十九年。

　　五量各有一銘，於研究上甚關重要，其辭為：

　　　　"律嘉量斛，——

　　　　　　方尺而圜其外，庣旁九氂五豪，冥百六十二寸，深尺，積千六百廿寸，容十斗"。

　　　　"律嘉量斗，——

　　　　　　方尺而圜其外，庣旁九氂五豪，冥百六十二寸，深寸，積百六十二寸，容十升"。

　　　　"律嘉量升，——

　　　　　　方二寸而圜其外，庣旁一氂九豪，冥六百卌八分，深二寸五分，積萬六千二百分，容十合"。

　　　　"律嘉量合，——

　　　　　　方寸而圜其外，庣旁九豪，冥百六十二分，深寸，積千六百廿分，容二龠"。

　　　　"律嘉量龠，——

　　　　　　方寸而圜其外，庣旁九豪，冥百六十二分，深五分，積八百一十分，容如黃鐘"。

　　銘中所謂"冥"（同"幂"），就是圓面積；所謂"積"，就是容積。

庬

銘中沒有把各器的圓周圓徑直接說出，只說方若干而圜其外 ，庬旁若干。 我們應當先把這一個問題解決。

就辭論，所謂 "方尺而圜其外"，當然是說先畫一個一尺大的正方形，外面再畫一個圓，即圓內容正方形（如圖）。

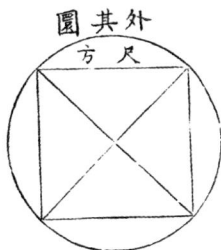

圓其外
方尺

所謂"庬"，據顏師古說，是 "不滿之處"。 但這不滿之處四個字應當如何解釋，古書上沒有明白說出。 按圓內容正方形說，

方邊＝ 1 尺，

則　圓徑＝$\sqrt{1^2+1^2}$＝$\sqrt{2}$＝1.4142136尺，

半徑＝0.7071068尺，

圓面積＝圓周率×半徑²

＝3.1416×(0.7071068)²

＝157.08方寸，

比銘中所說 "冪百六十二寸" 小 4.92 方寸。

假定圓內所容正方形之四角並不與圓周密接，而中間略有空際，即顏師古所謂"不滿之處"，亦即所謂"庬"（如圖），則

圓徑應為1.4142136＋(2×庬)

245

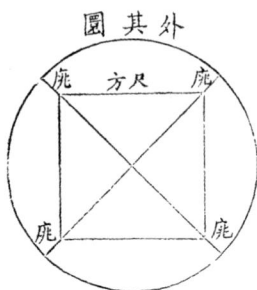

圓其外
庬　方尺　庬
庬　　　庬

$=1.4142136 + 2 \times 0.0095$

$=1.4332136$ 尺；

半徑應爲 0.7166068 尺；

依此求得　圓面積 $=161.3291$ 方寸，比銘中所說"冥百六十二寸"小 0.6709 方寸，——這就漸漸的接近起來了。因此知我們所假定的"庬"字的講法不錯。

但相差 0.6709 方寸，就實際上說是算不得什麼，就理論上說，却不能不認爲一個很大的錯誤。　這錯誤早已有人發見。　隋書律歷志裡說："祖冲之以圓率考之，此斛當徑一尺四寸三分六釐一毫九秒二忽，庬旁一分九毫有奇。　劉歆庬旁少一釐四毫有奇，歆數術不精之所致也"。

今依祖冲之之說：　圓徑 $=1.436192$ 尺，

則　圓面積 $=162.00033157625856$ 方寸，

這和"冥百六十二寸"相較，所差就只有一方寸的三千分之一，在理論上也不能算一個很大的錯誤了。　（參觀附註一）

但祖冲之所用的圓徑是　　1.436192，

正方形的斜角線是　　1.4142136，

兩者相減，得差數　　0.0219784，

以二除之，得　　0.0109892，

即一分九毫八秒九忽二微，是爲"祖氏庬旁"。

此與一分九毫相差較遠，與一分一釐相差較近，故與其言"一分九毫有奇"，不如言"一分一釐微弱"也。

又，祖氏庬旁爲0.0109892，

劉氏庑旁爲0.0095，

　　相減得　　　0.0014892，

　　　即一釐四毫八秒九忽二微，

　　此與一釐四毫相差較遠，與一釐五毫相差較近，故與其言“劉歆庑旁少一釐四毫有奇”，亦不如言“少一釐五毫做弱”也。

校量與推算

　　所謂“校量”（mensuration），是用現代的一種量器，以與此古量器比較。　所謂“推算”，是就所量得的結果，算出古量器中的某一單位，相當於所用的現代量器中的若干單位，——這“若干”二字可作整數解，亦可作小數解。

　　關於“度”（即長度）“量”（即容量）二事，銘辭中說得很清楚；關於“衡”（即重量），銘辭中雖然沒有說什麼，漢志裡却有“其重二鈞”一句話。　我們既然相信嘉量和漢志裡的㮚厘等五篇都是劉歆做的，則此“其重二鈞’一句話，當然也可以相信得。

　　今取學術中所通用的法國度量衡制，以量此器：度以 mm. 爲單位，量以 c.c. 爲單位，衡以 gr. 爲單位。

衡

　　衡的校量和推算都很容易，只須把原器放在天平上一稱，略略一算，就可以得到結果。　但原器並不很輕，不能用很小的天平稱。　而天平愈大，則錯誤愈多，——這是無可避免的一件事；我所用的一個載重二十五基羅的天平，也當然不能特別正確。

用此天平稱得全器之重為 13600gr.，細為比驗，知其錯誤數在 25gr.與 50gr.之間，即 1/544 與 1/272 之間，亦即 0.37% 與 0.18% 之間。

	13600 gr.	為二鈞，
二分之，得	6800 gr.	為鈞之值，
更三十分之，得	226.6666 gr.	為斤之值，
更十六分之，得	14.1666 gr.	為兩之值，
更二十四分之，得	0.5902778 gr.	為銖之值。

量

容量的校算，比重量的校算稍稱複雜一點，因為總共有五種量器，必須把五種量器的容量完全校量了，然後推算出一個平均數來。

五種量器中，最大的斛與最小的龠，相差至二千倍，故所用標準器（量杯），亦應大小各異。 我所用的標準器有四種：

(甲)，容 10c.c. 的量杯，每奇c.c.為一格，量龠與合用之。

(乙)，容 100c.c. 的量杯，每十c.c.為一格，量升用之；量奇零數則用甲種量杯。

(丙)，容 200c.c. 的量杯，每 5c.c. 為一格，量斗用之；量奇零數則用乙種量杯。

(丁)，容 500c.c. 的量杯，每 25c.c.為一格，量斛用之；量奇零數則用丙種量杯。

校量容量所用的材料，最好是水。 漢志裏說："以井水準其概"。 若能用蒸溜水，自然更好。 但我所用的仍是井水，因為要預備了多量的蒸溜

水帶進故宮去，在事實上很困難。　又水的溫度，最好是百度表四度，我也沒有能辦到。（參觀附註二）

要把量器安放得絕對平正，實在很不容易，所以我把每一種量器，都校量了四次；每校量一次，便變換一個方向。　今將校量各器所得之數及其平均數列下：

（侖）	第一次	10.4 c.c.
	第二次	11.0 c.c.
	第三次	10.6 c.c.
	第四次	10.6 c.c.
	總數	42.6 c.c.
	平均	10.65 c.c. ·················得數(1)

（合）	第一次	21.1 c.c.
	第二次	21.2 c.c.
	第三次	21.2 c.c.
	第四次	21.0 c.c.
	總數	84.5 c.c.
	平均	21.125 c.c. ·················得數(2)

（升）	第一次	191.0 c.c.
	第二次	192.6 c.c.
	第三次	192.0 c.c.
	第四次	191.7 c.c.
	總數	767.3 c.c.
	平均	191.825 c.c. ·················得數(3)

（斗）	第一次	2010 c.c.
	第二次	2000 c.c.
	第三次	2020 c.c.
	第四次	2020 c.c.
	總數	8050 c.c.
	平均	2012.5 c.c.··················得數(4)

（斛）	第一次	20120 c.c.
	第二次	20070 c.c.
	第三次	20100 c.c.
	第四次	20100 c.c.
	總數	80390 c.c
	平均	20097.5 c.c.··················得數(5)

合是龠的二倍；合以上，升斗斛均以十進。　所以照理論說，必須是

$$2 \times 得數(1) = 得數(2)，$$
$$10 \times 得數(2) = 得數(3)，$$
$$10 \times 得數(3) = 得數(4)，$$
$$10 \times 得數(4) = 得數(5)。$$

實際上旣然不能如此，必須再求出一個平均數來才對。

求這個平均數有兩個方法：

第一法：

得數(1)（龠）	10.650 c.c.	龠爲	1
得數(2)（合）	21.125 c.c.	合爲	2
得數(3)（升）	191.825 c.c.	升爲	20
得數(4)（斗）	2012.500 c.c.	斗爲	200
得數(5)（斛）	20097.500 c.c.	斛爲	2000
總數	22333.600 c.c.	總數	2223 龠

$$\frac{22333.6}{2223} = 10.00466 \text{ c.c.} = 龠之值，$$

$$2000 \times 10.00466 = 20009.32 \text{ c.c.} = 斛之值 \cdots 得數(6)$$

第二法：

得數(1) × 2000 = 21300.0 c.c.　　　（2000龠爲斛）

得數(2) × 1000 = 21125.0 c.c.　　　（1000合爲斛）

得數(3) × 100 = 19182.5 c.c.　　　（100升爲斛）

得數(4) × 10 = 20125.0 c.c.　　　（10斗爲斛）

得數(5) = 20097.5 c.c.　　　　　　（斛）

　　總數　101830.0 c.c.　　　　　（5斛）

$$\frac{101830.0}{5} = 20366.0 \text{ c.c.} = 斛之值 \cdots 得數(7)$$

得數(6)與得數(7)之間的差異約爲 1.5%，不能算不大。但這兩個得數都有理論上的根據，不能取此舍彼。　要使這差異消滅，應當再將兩數平均一下：

$$\frac{20009.32 + 20366}{2} = 20187.66 \text{ c.c.} = 斛之值 \cdots 得數(8)$$

這得數(8)暫且擱着，回頭再說。

度

　　長度的校算，比容量的校算更複雜，因為每一種量器都有徑與深兩種度，五種量器就共有十種度。

　　照理論說，每一種量器只須校量兩次（徑一次，深一次）就可以完事，因為一器之中，所有的徑都應當相等，所有的深也都應當相等。　無如原器製造得並不精密：從此一點所量得的徑或深，並不等於從別一點所量得的徑或深。　這在校量與推算上，都增加了很不少的工作。

　　我所用的校量器有二種：第一種是一個鋼質的密達尺，總長 200mm.，上面有一個 Vernier, 可量至 $\frac{1}{10}$mm；第二種是一個很精密的木質牙面密達尺，總長 500mm.，最小的刻度是 $\frac{1}{2}$mm.，$\frac{1}{2}$mm.以下，可用目力斷定其大概。

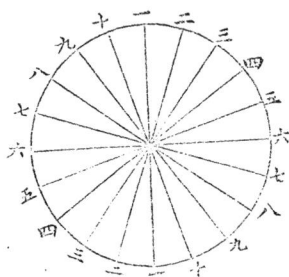

　　校量龠合升三器及斗的深，均用第一種尺；校量斗的徑和斛，均用第二種尺。

　　（龠）校量此器之口徑，如圖，分圓周為二十等分，以相對之等分點兩兩相聯，得十個圓徑；每一圓徑校量一次。（校量其餘各器之口徑亦用此法）

　　此器內壁不直，所以不但要校量上徑，而且要較量下徑。　幸而我所用的第一種尺上面有兩個定點針，可以伸入器內，而器又並不很深，所以下徑也能量到。

<table>
<tr><td>（上徑）</td><td></td><td>（下徑）</td><td></td></tr>
<tr><td>（一）</td><td>33.2 mm.</td><td>（一）</td><td>30.9 mm.</td></tr>
<tr><td>（二）</td><td>33.5 mm.</td><td>（二）</td><td>31.4 mm.</td></tr>
<tr><td>（三）</td><td>33.1 mm.</td><td>（三）</td><td>31.4 mm.</td></tr>
<tr><td>（四）</td><td>33.7 mm.</td><td>（四）</td><td>31.4 mm.</td></tr>
<tr><td>（五）</td><td>33.2 mm.</td><td>（五）</td><td>31.5 mm.</td></tr>
<tr><td>（六）</td><td>32.8 mm.</td><td>（六）</td><td>32.0 mm.</td></tr>
<tr><td>（七）</td><td>32.8 mm.</td><td>（七）</td><td>31.5 mm.</td></tr>
<tr><td>（八）</td><td>32.8 mm.</td><td>（八）</td><td>31.3 mm.</td></tr>
<tr><td>（九）</td><td>33.2 mm.</td><td>（九）</td><td>31.9 mm.</td></tr>
<tr><td>（十）</td><td>33.3 mm.</td><td>（十）</td><td>31.3 mm.</td></tr>
<tr><td>平均</td><td>33.16 mm.</td><td>平均</td><td>31.46 mm.</td></tr>
</table>

$$\frac{33.16 + 31.46}{2} = 32.31 \text{ mm.} = 侖徑 \cdots\cdots 得數（9）$$

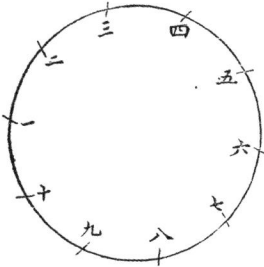

侖底微凹，故其邊深與中深異。

校量邊深，如圖，分圓周爲十等

分，就每一等分點上校量一次。

校量中深，就侖底酌定十點，每

一點上校量一次。

（邊深）　　　　　（中深）

（一）　12.1 mm.　　（一）　14.0 mm.

（二）　11.9 mm.　　（二）　13.9 mm.

（三）	11.5 mm.	（三）	14.0 mm.
（四）	11.9 mm.	（四）	14.0 mm.
（五）	11.6 mm.	（五）	13.9 mm.
（六）	11.5 mm.	（六）	13.9 mm.
（七）	11.4 mm.	（七）	13.9 mm.
（八）	12.1 mm.	（八）	14.1 mm.
（九）	11.7 mm.	（九）	14.0 mm.
（十）	11.9 mm.	（十）	14.0 mm.
平均	11.76 mm.	平均	13.97 mm.

$$\frac{11.76+13.97}{2}=12.865 \text{ mm.}=$$ 龠深⋯⋯⋯得數（10）

（合） 校量法同上。

	（上徑）		（下徑）
（一）	33.2 mm.	（一）	32.1 mm.
（二）	33.4 mm.	（二）	32.4 mm.
（三）	33.5 mm.	（三）	32.3 mm.
（四）	33.7 mm.	（四）	32.5 mm.
（五）	33.8 mm.	（五）	32.3 mm.
（六）	33.9 mm.	（六）	32.3 mm.
（七）	33.9 mm.	（七）	32.2 mm.
（八）	33.5 mm.	（八）	32.0 mm.
（九）	33.5 mm.	（九）	32.0 mm.
（十）	33.3 mm.	（十）	32.2 mm.
平均	33.57 mm.	平均	32.23 mm.

$$\frac{33.57 + 32.23}{2} = 32.9 \text{ mm.} = 合徑 \cdots\cdots 得數(11)$$

（邊深） （中深）

	（邊深）		（中深）
（一）	23.4 mm.	（一）	25.7 mm.
（二）	23.9 mm.	（二）	25.1 mm.
（三）	23.7 mm.	（三）	25.3 mm.
（四）	21.9 mm.	（四）	25.5 mm.
（五）	22.9 mm.	（五）	25.4 mm.
（六）	22.7 mm.	（六）	25.4 mm.
（七）	22.8 mm.	（七）	25.7 mm.
（八）	22.0 mm.	（八）	25.2 mm.
（九）	22.7 mm.	（九）	25.6 mm.
（十）	23.2 mm.	（十）	25.2 mm.
平均	22.92 mm.		25.41 mm.

$$\frac{22.92 + 25.41}{2} = 24.165 \text{ mm.} = 合深 \cdots\cdots 得數(12)$$

（升） 棱量法同上，惟所用第一種尺上的兩個定點針太短，只能達到器腰，不能達到器底，故只能量中徑而未能量下徑。

	（上徑）		（中徑）
（一）	65.4 mm.	（一）	64.1 mm.
（二）	65.8 mm.	（二）	64.0 mm.
（三）	65.5 mm.	（三）	64.3 mm.
（四）	65.5 mm.	（四）	64.5 mm.
（五）	65.6 mm.	（五）	64.6 mm.
（六）	66.0 mm.	（六）	64.6 mm.

(七)	65.4 mm.	(七)	64.7 mm.
(八)	65.5 mm.	(八)	64.1 mm.
(九)	65.6 mm.	(九)	63.9 mm.
(十)	65.3 mm	(十)	64.4 mm.
平均	65.56 mm.	平均	64.32 mm.

$$\frac{65.56+64.32}{2}=64.94 \text{ mm.} = 升徑 \cdots\cdots\cdots 得數(13)$$

(邊深)		(中深)	
(一)	58.0 mm.	(一)	57.6 mm.
(二)	58.0 mm.	(二)	58.2 mm.
(三)	57.3 mm.	(三)	58.0 mm.
(四)	57.0 mm.	(四)	57.8 mm.
(五)	57.0 mm.	(五)	58.0 mm.
(六)	57.4 mm.	(六)	58.0 mm.
(七)	57.7 mm.	(七)	58.0 mm.
(八)	57.4 mm.	(八)	58.3 mm.
(九)	58.1 mm.	(九)	57.9 mm.
(十)	58.3 mm.	(十)	57.9 mm.
平均	57.62 mm.	平均	57.97 mm.

$$\frac{57.62+57.97}{2}=57.795 \text{ mm.} = 升深 \cdots\cdots 得數(14)$$

（斗） 徑的校量法同上。

(上徑)		(下徑)	
(一)	327.6 mm.	(一)	323.2 mm.
(二)	327.0 mm.	(二)	323.5 mm.

（三）	326.5 mm.	（三）	323.0 mm.
（四）	326.5 mm.	（四）	323.0 mm.
（五）	326.9 mm.	（五）	323.2 mm.
（六）	327.4 mm.	（六）	326.7 mm.
（七）	326.7 mm.	（七）	325.5 mm.
（八）	327.0 mm.	（八）	324.8 mm.
（九）	328.2 mm.	（九）	325.0 mm.
（十）	327.0 mm.	（十）	324.2 mm.
平均	327.08 mm.	平均	324.21 mm.

$$\frac{327.08 + 324.21}{2} = 325.645 \text{ mm.} = 斗徑 \cdots\cdots 得數(15)。$$

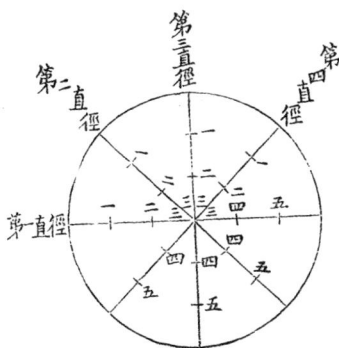

邊深的較量法同上。

中深的較量法較前略精：如圖，就圓面作四直徑，分全圓爲八等分；分每一直徑爲六等分，得五個等分點；四個直徑共有二十個等分點，按點較量之。

（邊深）　　　　（中深）

（一）	20.5 mm.		（一）	23.1 mm.		（一）	22.8 mm.
（二）	20.3 mm.	第一直徑	（二）	25.0 mm.	第二直徑	（二）	24.2 mm.
（三）	20.6 mm.		（三）	25.2 mm.		（三）	25.3 mm.
（四）	22.0 mm.		（四）	24.7 mm.		（四）	24.0 mm.
（五）	21.9 mm.		（五）	23.5 mm.		（五）	22.4 mm.

（六） 21.9 mm.

（七） 21.7 mm.

（八） 21.4 mm.

（九） 21.4 mm.

（十） 21.1 mm.

平均 21.28 mm.

第三直徑
（一） 23.9 mm.
（二） 25.2 mm.
（三） 25.3 mm.
（四） 23.9 mm.
（五） 22.8 mm.

第四直徑
（一） 22.9 mm.
（二） 24.7 mm.
（三） 25.3 mm.
（四） 24.7 mm.
（五） 22.5 mm.

平均 24.07 mm.

$$\frac{21.28 + 24.07}{2} = 22.675 \text{ mm.} = 斗深 \cdots\cdots 得數(16)$$

（斛） 校量法同上。

（上徑）		（下徑）	
（一）	332.5 mm.	（一）	328.1 mm.
（二）	331.9 mm.	（二）	329.7 mm.
（三）	329.9 mm.	（三）	329.0 mm.
（四）	329.0 mm.	（四）	328.5 mm,
（五）	328.5 mm.	（五）	329.4 mm.
（六）	328.4 mm.	（六）	328.5 mm.
（七）	330.3 mm.	（七）	328.8 mm.
（八）	331.3 mm.	（八）	329.4 mm.
（九）	330.0 mm.	（九）	329.2 mm.
（十）	328.0 mm.	（十）	329.2 mm.
平均	329.98 mm.	平均	328.98 mm.

$$\frac{329.98 + 328.98}{2} = 329.48 \text{ mm.} = 斛徑 \cdots\cdots 得數(17)$$

（邊深）　　　　　　　　（中深）

(一) 231.0 mm.	第一直徑	(一) 229.5 mm.	第二直徑	(一) 229.0 mm.
(二) 230.0 mm.		(二) 227.0 mm.		(二) 226.5 mm.
(三) 230.6 mm.		(三) 226.5 mm.		(三) 226.5 mm.
(四) 230.0 mm.		(四) 227.5 mm.		(四) 227.0 mm.
(五) 229.0 mm.		(五) 229.4 mm.		(五) 229.7 mm.
(六) 229.7 mm.	第三直徑	(一) 229.2 mm.	第四直徑	(一) 229.2 mm.
(七) 229.8 mm.		(二) 227.0 mm.		(二) 227.0 mm.
(八) 229.4 mm.		(三) 226.3 mm.		(三) 226.5 mm.
(九) 229.5 mm.		(四) 229.0 mm.		(四) 227.5 mm.
(十) 230.0 mm.		(五) 230.3 mm.		(五) 229.4 mm.

平均 229.9 mm.　　　　　平均 228.0 mm.

$$\frac{229.9+228.0}{2}=228.95\ mm.=斛深\cdots\cdots得數(18)$$

先就各器之深——即得數(10)，(12)，(14)，16)，(18)——求出一平

均數：

第一法：

龠深	得數(10)	12.865 mm.	龠深	5	分
合深	得數(12)	24.165 mm.	合深	10	分
升深	得數(14)	57.795 mm.	升深	25	分
斗深	得數(16)	22.675 mm.	斗深	10	分
斛深	得數(18)	228.950 mm.	斛深	100	分
	總數	346.450 mm.		總數 150	分

$$\frac{346.450}{150}=2.309666\ mm.=分之值。$$

259

2.3096666 mm. × 100 = 230.96666 mm. ⟹尺之值

⋯⋯⋯⋯得數(19)。

第二法：

得數(10) × 20 ⟹ 257.30 mm. 　（5分之20倍爲尺）

得數(12) × 10 ＝ 241.65 mm. 　（10分之10倍爲尺）

得數(14) × 4 ＝ 231.18 mm. 　（25分之4倍爲尺）

得數(16) × 10 ＝ 226.75 mm. 　（10分之10倍爲尺）

得數(18) ＝ 228.95 mm. 　（尺）

　　　　總數 1185.83 mm. 　　　總數 5尺

$$\frac{1185.83}{5} = 237.166 \text{ mm.} = 尺之值 \cdots\cdots 得數(20)。$$

求第一第二兩法所得結果之平均數：

$$\frac{得數(19) + 得數(20)}{2} = 234.0613 \text{ mm.} = 尺之值 \cdots\cdots 得數(21)。$$

這是就各器的深度上求出來的尺之值，暫且擱着。

次就各器之徑——即得數(9)，(11)，(13)，(15)，(17)——**以求尺之值**。

首論斛與斗之徑：

得數(17) 斛徑 ＝329.480 mm.

得數(15) 斗徑 ＝325.645 mm.

　　　　平均 327.5625 mm. ⋯⋯⋯⋯得數(22)。

前文說過，劉氏圓徑爲 1.4332136尺，

劉氏圓徑爲 1.43⋯⋯⋯

$$\frac{得數(22)}{劉氏圓徑} = 228.551 \text{ mm.} = 尺之值 \cdots\cdots 得數(23)，$$

$$\frac{得數(22)}{祖氏圓徑} = 228.07709 \text{ mm.} = 尺之值 \cdots\cdots 得數(24) 。$$

次論升徑：

依劉說："方二寸而圓其外，庣旁九釐五毫"。

$$\sqrt{2^2 + 2^2} = \sqrt{8} = 2.8284 寸$$

$$加 2 \times 0.019 = 0.0360 寸$$

$$總數 \quad 2.8644 寸 = 升徑 \cdots\cdots 得數(a) 。$$

依祖說加以校正：

$$得數(a) + 2 \times 0.0015 \times 2 = 2.8704 寸 = 升徑 \cdots\cdots 得數(b) 。$$

據得數(13)，升徑為 64.94 mm.

$$\frac{得數(13)}{得數(a)} = 22.67141 \text{ mm.} = 寸之值 \cdots\cdots 得數(25) ，$$

$$\frac{得數(13)}{得數(b)} = 22.6240 \text{ mm.} = 寸之值 \cdots\cdots 得數(26) 。$$

次論合與龠之徑：

依劉說："方寸而圓其外， 旁九毫"；但依斛斗升三器之例推算，庣旁應是九豪五秒，"九豪"乃簡約之辭。

此二器之徑，為斛徑或斗徑之十分之一，故依劉說：

$$合徑或龠徑 = 1.433214 寸 \cdots\cdots 得數(c) 。$$

依祖說：

$$合徑或龠徑 = 1.436192 寸 \cdots\cdots 得數(d) 。$$

$$按得數(9) \quad 龠徑 = 32.31 \text{ mm.}$$

$$得數(11) \quad 合徑 = 32.90 \text{ mm.}$$

$$平均 \quad 32.605 \text{ mm.} \cdots\cdots 得數(27) 。$$

$$\frac{得數(27)}{得數(c)} = 22.74957 \text{ mm.} = 寸之值 \cdots\cdots 得數(28) ，$$

$$\frac{得數(27)}{得數(d)} = 22.70239 \text{ mm.} = 寸之值 \cdots\cdots 得數(29)。$$

〔此上衍算中，劉說與祖說並重。所以然者，以祖氏就圓面積以求圓徑，故知劉氏庑旁有誤。 但劉氏製器之時，必以圓徑爲標準；圓徑旣誤，則圓面積亦必隨之而誤。 故祖氏圓徑是理想的，劉氏圓徑是實際的。 今理想與事實並重，俾徑與面積均可顧到。〕

就已得之尺與寸之值——即得數(23)，(24)，(25)，(26)，(28)，(29)——求其平均數：

第一法：

尺之值	得數(23)	228.55100 mm.		10寸
尺之值	得數(24)	228.07709 mm.		10寸
寸之值	得數(25)	22.67141 mm.		1寸
寸之值	得數(26)	22.62400 mm.		1寸
寸之值	得數(28)	22.74957 mm.		1寸
寸之值	得數(29)	22.70239 mm.		1寸
		總數 547.37546 mm.		24寸

$$\frac{547.37546}{24} = 22.807311 \text{ mm.} = 寸之值 \cdots\cdots 得數(30)。$$

第二法：

得數(23)	=228.55100 mm.		1尺
得數(24)	=228.07709 mm.		1尺
得數(25)×10	=226.71410 mm.		1尺
得數(26)×10	=226.24000 mm.		1尺
得數(28)×10	=227.49570 mm.		1尺
得數(29)×10	=227.02390 mm.		1尺
	總數 1364.10179 mm.		6尺

$$\frac{1364.10179}{6} = 227.35030 \text{ mm.} = 尺之值 \cdots\cdots 得數(31)。$$

求贖法所得結果之平均數：

$$\frac{得數(30) \times 10 + 得數(31)}{2} = 227.711705 \text{ mm.}$$

$$= 尺之值 \cdots\cdots 得數(32)，$$

是為就各器之徑求得之尺之值。

以此數與就各器之深求得之尺之值——即得數(21)——相平均：

$$\frac{得數(32) + 得數(21)}{2} = 230.8865025 \text{ mm.為尺之值，}$$

十分之，得　23.08865025 mm.為寸之值，

百分之，得　2.308865025 mm.為分之值，

以下可以類推。

量（補正）

據得數(8)，斛之值為20187.66 c.c.——這是就實物上校量出來的結果。現在再依據理論來推算一下：

銘辭中說斛的積是"千六百廿寸"，換言之，即容量一千六百二十立方寸。

今已求得寸之值為 23.08865 mm.（省去小數三位），

則立方寸之值應為$(23.08865)^3 = 12308.231$立方mm.

以1620乘之，　得　19939334.22立方mm.，

即　19939.33 c.c.

是為理論的斛之值。

以此與得數(8)相平均：

$$\frac{20187.66 + 19939.33}{2} = 20063.495 \text{ c.c.為斛之值，}$$

十分之，得　2006.3495 c.c.為斗之值

百分之，得　　　　 95 c.c.為升之值，

千分之，得　20.063495 c.c.為合之值，

二千分之，得　10.0317475 c.c.為龠之值。

今將以上所用校量及推算方法，列一總表，以清眉目．——

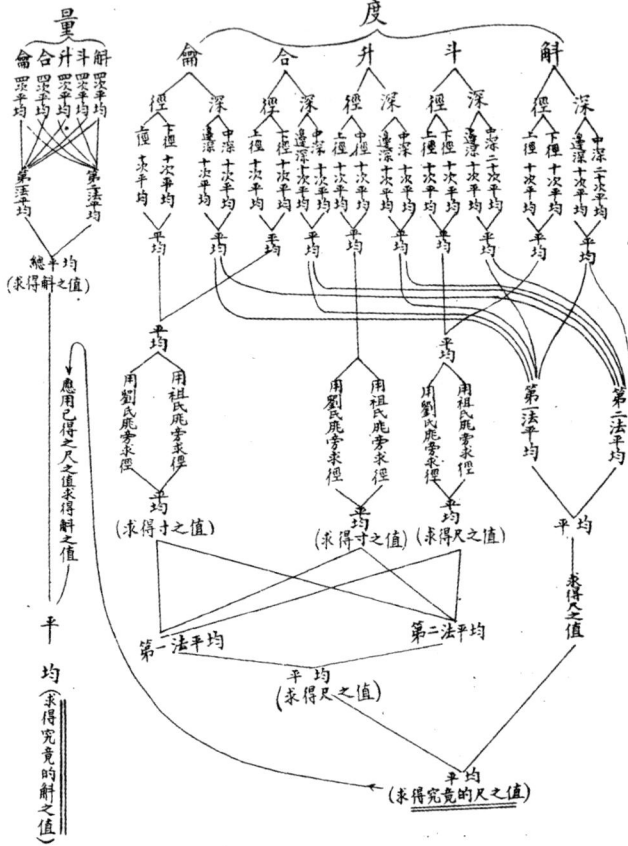

量　　　　　　　　　　度

斛　升　斗　合　龠　　　龠　　合　　升　　斗　　斛

衆平均　衆平均　衆平均　衆平均　衆平均

深　徑　　深　徑　　深　徑　　深　徑　　深　徑

第三法平均　　第某法平均

總平均
（求得斛之值）

上徑　下徑　逕　　中深　上深　邊深…　二次平均　十次平均…　平均

應用已得之尺之值求得斛之值

第法平均

用祖氏祇雲求徑　　用劉氏祇雲求徑

平均
（求得寸之值）　　平均（求得尺之值）　平均（求得尺之值）

第一法平均　　　　第二法平均

平均
（求得尺之值）

平均
（求得究竟的尺之值）

平均
（求得究竟的斛之值）

平均
求得△之值

以所得結果與今度量衡(權度法)相推算，得

嘉量一尺＝今 7.2152寸，

今一尺　＝嘉量 1.38596尺，

(依今一尺＝320 mm.算)；

嘉量一斗＝今 1.937624升，

今一斗　＝嘉量5.161斗，

(依今一斗＝10035.4688 c.c.算)；

嘉量一斤＝今 6.0767兩＝今 0.37979375斤，

今一斤　＝嘉量 2.633斤，

(依今一兩＝37.301 gr.算)。

隋書律歷志所載十五等尺，亦可據此推定其值：

(一)周尺——漢志，王莽時劉歆銅斛尺——後漢建武銅尺——晉泰始十

年荀勗律尺，為 "晉前尺" ——祖冲之所傳銅尺：

＝230.8865 mm.

＝今0.72152尺；

(二)晉田父玉尺——梁法尺：

比晉前尺：一尺七釐，

＝232.5027 mm.

＝今0.72657尺；

(三)梁表尺：

比晉前尺：一尺二分二釐一毫有奇，

＝235.9891 mm.

＝今0.73747尺；

(四)漢官尺 (晉時始平掘地得古銅尺)：

比晉前尺：一尺三分七毫，

＝237.9747 mm.，

＝今0.74367尺；

(五)魏尺，杜夔所用調律：

比晉前尺：一尺四分七釐，

＝241.7381 mm.，

＝今0.755431尺；

(六)晉後尺，晉氏江東所用：

比晉前尺：一尺六分二釐，

＝245.2015 mm.，

＝今0.76625尺；

(七)後魏前尺：

比晉前尺：一尺二寸七釐，

＝278.68 mm.

＝今0.87087尺；

(八)中尺：

比晉前尺：一尺二寸一分一釐，

＝279.6036 mm.，

＝今0.87376尺；

(九)後尺，即開皇官尺及後周市尺：

比晉前尺：一尺二寸八分一釐，

＝295.7656 mm.

＝今0.92427尺；

(十)東後魏尺：

比晉前尺：一尺五寸八毫（"五"字據畏衡先生之考證，當作"三"，今從之），

= 300.3372 mm.，

= 今0.93855尺；

(十一)蔡邕銅籥尺——後周玉尺：

比晉前尺：一尺一寸五分八釐，

= 267.3666 mm.，

= 今0.83552尺；

(十二)宋氏尺——錢樂之渾天儀尺——後周鐵尺——開皇初調鍾律尺——平陳後調鍾律水尺：

比晉前尺：一尺六分四釐，

= 245.6632 mm.，

= 今0.7677尺；

(十三)開皇十年萬寶常所造律呂水尺：

比晉前尺：一尺一寸八分六釐，

= 273.8314 mm.，

= 今0.85572尺；

(十四)雜尺——趙劉曜渾天儀土圭尺：

比晉前尺：一尺五分，

= 242.4308 mm.，

= 今0.7576尺；

(十五)梁俗間尺：

比晉前尺：一尺七分一釐，

= 247.2794 mm.，

＝今0.77275尺。

此外別種古度量衡，苟能證明其與嘉量有比例的關係，即可用已得之數，一一推定其價值。　我將來打算仔細研究一下，希望能夠做成一部中國歷代度量衡比較表。　不過，這件事很不容易做；現在只能說有志於此，能不能做成，自己全無把握。

總之，新嘉量實物之發現，是中國學術史上的一件大事；因爲這東西發現之後，所有已往的種種爭辯（如司馬光與范鎭），種種揣測（如朱載堉縱黍橫黍斜黍之說），都可以一掃而空了。

附註一

圓面積＝162.C0033157625856，是依現時算學中通用的π＝3.1416算出的。

據隋書律歷志備數篇：　"宋末，南徐州從事史祖冲之更開密法，以圓徑一億爲一丈，圓周盈數三丈一尺四寸一分五釐九豪二秒七忽（殿本"三丈"作" 二丈"，誤），朒數三丈一尺四寸一分五釐九豪二秒六忽，正數在盈朒二限之間；密率：圓徑一百一十三，圓周三百五十五；約率：圓徑七，周二十二"。

因此知祖冲之自已所用的圓周率有三種：

（甲種）盈朒二限間的正數：

$$\frac{3.1415927 + 3.1415926}{2} = 3.14159265$$

（乙種）密率：

$$\frac{355}{113} = 3.14159292$$

（丙種）約率：

$$\frac{22}{7} = 3.142859$$

用甲種率求得之圓面積爲

　　161.99995256478762624方寸，

比162方寸少 .00004743521237376方寸，約當一方寸的二萬分之一。

用乙種率求得之圓面積爲

　　161.999966487657987072方寸，

比162方寸少 .000033512343012928方寸，約當一方寸的三萬分之一。

用丙種率求得之圓面積爲

　　162.0651576393方寸，

比162方寸多 .0651576393方寸，約當一方寸的二十分之一。

　　三種得數相較，以乙種爲最近，可見祖氏當時所用的率，是乙種，不是甲種。

　　若欲得數完全密合，則圓周率應爲 3.14159357。

附註二

　　馬衡先生以爲"以井水準其概"一語不能如此解釋。 他依據"概"字的原義，定爲平斗斛器；"以井水準其概"，乃是用井水較準這平斗斛器，並不是用井水灌在斗斛之中。 這一說在字義上看去，是無可辨駁的；在事實上，却是不可能。因爲"概"旣爲平斗斛器，其形式不爲一塊平的小木板，即爲一支圓的小木棍("概"，從"木"，故可知爲木製)；無論其爲木板或木棍，都可以不必用井水較，而且也無從用井水較得。 因此，那天馬先生與我辨論的時候，他問我： "你不把'概'字解作平斗斛器，請問此字在句中應作何解？有無着落？"我竟無從回答。 我轉問他："你一定要把'概'字解作平斗斛器，請問句中'井水'二字有何用處？有無着落？"他也無從回答。

近來在顧陳垿的鍾律陳數上看見一段話說，也是討論這一件事的：

"其曰'以井水準其概'者，謂實侖既滿，沃水令平，以當面幂，視黍粒之頂悉與水齊而後已，所以代概也。"

這是說不過去的，因為黍輕水重，先放黍，後放水，黍粒必隨水浮出，至少也要浮得比侖口更高，決然做不到"黍粒之頂悉與水齊"。 接着說：

"必井水者，性溶靜，善沉物，不浮動也"。

這在井水的性質上加了許多臆測，不甚可靠。 接着又說：

"若曰以水平概，以概平侖，無論取平太拙，且侖之面，其廣幾何，安所施概？"

這實在說得不錯，附錄於此，以備參考。

（十七年，十月二十五日，補記。）

参考文献

刘复：《新嘉量之校量及推算》（影印本），辅仁大学辅仁学志编辑会刊印，1928 年 12 月。

1930 年代《甘肃省政府公报》。

甘肃省图书馆西北地区文献库藏 1932 年《西北新闻日报》。

甘肃省图书馆西北地区文献库藏 1932 年《西安日报》。

甘肃省图书馆西北地区文献库藏 1933 年《西北日报》。

甘肃省图书馆西北地区文献库藏 1932 年《甘肃教育馆章规汇览》。

甘肃省图书馆西北地区文献库藏 1933、1934 年《甘肃民国日报》。

古物保管委员会编：《古物保管委员会工作汇报》（影印本），北平（北京）：大学出版社，1935 年 5 月。

实业部全国度量衡局编发：《实业部全国度量衡局度量衡定人员养成所毕业同学录》，1936 年 5 月。

吴承洛：《中国度量衡史》，北京：商务印书馆，1937 年 2 月。

中国第二历史档案馆藏 1941 年 10 月《国立中央博物院筹备处九年来筹备经过简要报告》。

张维撰：《陇右金石录》（影印本），甘肃省文献征集委员会，1943 年校印。

张维：《兰州古今注》（影印本），《甘肃民国日报》，1943 年集印。

黄濬：《尊古斋所见吉金图初集》，台北：台联国风出版社，1976 年印发。

中国历史博物馆馆刊编委会编：《中国历史博物馆馆刊》1979 年第 1

期（总第 1 期），北京：文物出版社，1979 年。

中国历史博物馆馆刊编委会编：《中国历史博物馆馆刊》1980 年第 2 期（总第 2 期），北京：文物出版社，1980 年。

国家计量局主编：《中国古代度量衡图集》，北京：文物出版社，1981 年。

中国人民政治协商会议甘肃省兰州市委员会文史资料研究委员会编：《兰州文史资料选辑》第一辑—第二十五辑，1983 年 6 月—2010 年 3 月。

兰州市城关区人民政府编：《甘肃省兰州市城关区地名资料汇编》，1983 年。

国立故宫编辑委员会编：《故宫跨世纪大事录要》，台北：国立故宫博物院，1989 年 1 月。

甘肃省地方志编纂委员会编纂：《甘肃省志·计量志》，兰州：甘肃人民出版社，1990 年 9 月。

甘肃省地方志编纂委员会编纂：《甘肃省志·邮电志》，兰州：甘肃人民出版社，1993 年 10 月。

甘肃省地方志编纂委员会编纂：《甘肃省志·公安志》，兰州：甘肃人民出版社，1995 年 10 月。

邱光明编著：《中国历代度量衡考》，北京：科学出版社，1992 年 8 月。

邱光明、邱隆、杨平：《中国科学技术史·度量衡卷》，北京：科学出版社，2001 年 6 月。

兰州市地方志编纂委员会编纂：《兰州市志·公安志》，兰州：兰州大学出版社，2006 年 12 月。

甘肃省档案馆编：《晚清以来甘肃印象》，兰州：敦煌文艺出版社，2008 年 6 月。

甘肃省文化研究馆编：《甘肃文史精粹·史料卷》，兰州：甘肃人民出版社，2009 年 11 月。

刘小蕙：《父亲刘半农》，上海：上海人民出版社，2009 年。

曾雪梅编著：《还读我书楼珍藏尺牍考解》，兰州：甘肃人民出版社，2012 年 9 月。

周慧梅：《近代民众教育馆研究》，北京：北京师范大学出版社，2012 年 2 月。

定西地区志编纂委员会编纂：《定西地区志》，北京：中华书局，2013 年 8 月。

［日］鹤间和幸：《始皇帝的遗产：秦汉帝国》，桂林：广西师范大学出版社，2014 年 1 月。

王力主编：《中国古代文化常识》，北京：北京联合出版公司，2014 年 11 月。

邓明：《兰州市城关区历史文化丛书·街巷旧事》，兰州：甘肃文化出版社，2017 年 2 月。

姜洪源：《兰州市城关区历史文化丛书·名札集述》，兰州：甘肃文化出版社，2017 年 2 月。

张立宪主编：《读库 1706》，北京：新星出版社，2017 年 11 月。

李济：《安阳（一百二十年纪念版）》，北京：商务印书馆，2017 年 12 月。

甘肃省地方史志编纂委员会、《甘肃省志·文物志》编纂委员会编纂：《甘肃省志·文物志》，北京：文物出版社，2018 年 11 月。

田澍总主编：《兰州通史·民国卷》，兰州：人民出版社，2021 年 6 月。

陈晓斌：《信仰：新安旅行团 1938》，兰州：读者出版社，2021 年 12 月。

后　记

　　1925 年夏，甘肃省定西县（今定西市安定区）称钩驿，小村民秦让、秦恭兄弟，在关川河东岸沟崖发现一批王莽时代的审度器和权衡器，器物青铜铸造，总共八件，为一件审度器"丈"和七件权衡器。权衡器有"衡""钩""权"三种器型，具体为衡杆、钩和石权、二钧权、九斤权、六斤权、三斤权。这批器物，后来被人们统称为"王莽权衡"或"新莽权衡"，简称"莽权"。

　　1929 年春，甘肃大旱，秦让与村民将八件莽权运至甘肃省城皋兰县贩卖，古董商马实斋以六十元大洋全部收购，又以二百四十元大洋转售于古董商张寿亭。

　　1929 年秋，张寿亭以一百四十元大洋，将一件衡杆、一件九斤权售于北平古玩商朱柏华，其余六件仍留手头。此后朱柏华以五千一百元大洋将衡杆和九斤权转售北平尊古斋老板黄浚。甘肃省建设厅长杨慕时保护国宝，个人出价八百元大洋，将张寿亭手上六件权衡强行收购。

　　1930 年 4 月，杨慕时赴任西安市市长，临行前，他将六件权衡捐赠甘肃教育馆（后改名甘肃省立民众教育馆），长期陈列。

　　1932 年 6 月 17 日晚，窃贼高灿章及同伙借雷电暴雨掩护，从甘肃民众教育馆盗走铜丈、钩、二钧权、六斤权、三斤权五件权衡，只余一件石权因最重，未被盗去。

1932 年 7 月 4 日，甘肃省政府向全国各省市发咨文《咨各省府甘肃省立民众教育馆莽权被窃请饬属协缉以重古物》，要求协查被盗莽权。

1933 年 9 月中旬，中央古物保管委员会北平分会干事王作宾，会同河北省会公安局，在天津英国租界源丰永珠宝店查获被盗窃的五件权衡，扣押售货窃贼高灿章、购买人翟捷三。五件权衡由古物保管委员会北平分会代行保管。中央古物保管委员会归教育部所属，教育部归南京国民政府行政院所属，北平分会保管莽权，相当于代国家保管。

1933 年 10 月 1 日，窃贼高灿章于羁押中从天津法租界海军医院潜逃，10 月 4 日在河北盐山县被重新捕获。

1934 年 1 月，中央古物保管委员会北平分会令黄浚将衡杆、九斤权原物上交分会，约定案件办理完结后，由分会代催偿黄浚当初的购买资金。国宝莽权，除甘肃教育馆所陈一件石权外，其余七件散而复合，集中一处。

1934 年 1 月 12 日，学者刘半农赴位于北平市安定门内分司厅胡同的河北省度量衡制造所，测定七件莽权。1 月 22 日刘半农撰写《莽权价值之重新推定》，这是国内研究新莽权衡的第一篇学术论文。

1934 年以来，甘肃省政府和社会各界多次电请行政院，要求尽快返还七件莽权，故宫博物院也电呈行政院要求保存莽权。甘肃省、故宫博物院打起"电文争夺战"。

1934 年 5 月 25 日，西北文物展览会在北平北海团城举办，七件新莽权衡第一次在甘肃之外公开展览。

1934 年 6 月 14 日，中央古物保管委员会北平分会将衡杆、九斤权移交故宫博物院保存，由故宫博物院照偿黄浚五千一百元。

1934 年 9 月，南京国民政府行政院对莽权归属问题过会，交由中央古物保管委员会决定。

1935 年 5 月，中央古物保管委员会决定，将被盗窃查获的五件莽权，拨付南京新筹备的国立中央博物院保管。同月，中央博物院筹备处派员赴北平，从中央古物保管委员会北平分会处具领五件权衡，带到南京。

1937 年 11 月，保存于南京中央博物院筹备处的五件权衡（三权、一钩、一丈）随着中央博物院所属文物迁离，与故宫博物院文物一道转移到西南。1938 年转运至重庆沙坪坝，1939 年转运至昆明，1940 年转运至四川宜宾李庄镇。

1945 年 10 月 10 日，故宫太和殿广场举行华北战区日寇受降仪式，北平光复。衡杆、九斤权重回国人怀抱。

1946 年 5 月—1947 年 3 月，中央博物院筹备处全部文物陆续运回南京，其中包括五件权衡。

1948 年 5 月 29 日—6 月 8 日，南京中央博物院在新落成的陈列室举办展览，五件新莽权衡参展，观者塞途。

1948 年—1949 年，南京国民政府将中央博物院精品文物运至台湾，五件权衡被带走。1965 年台北落成故宫博物院，又名中山博物院，自那时起至今，五件权衡就停留在那里。

1953 年，甘肃省民众教育馆仅存的石权，移交西北人民科学馆，该馆于 1956 年更名为甘肃省博物馆。

1959 年 8 月，中国历史博物馆在北京建成。为庆祝新中国成立十周年，藏于甘肃省博物馆的石权以及藏于故宫博物院的衡杆、九斤权，均调拨参加中国历史博物馆"中国通史陈列"展览，展览引起全社会强烈反响。自那时起到现在，三件权衡就珍存在那里。

2003年，中国历史博物馆和中国革命博物馆合并，成立中国国家博物馆，三件权衡成为国博馆藏。

以上这份莽权"简历"，是本书的故事脉络。发掘、整理出这样一份"简历"，讲述其中的故事，对我来说实属不易。无数个白天，我出没在省内外图书馆、档案馆，孤身一人从海量纸质和电子文档中搜寻打捞莽权的踪迹，每当发现一条相关资料，都让我欢欣鼓舞。无数个夜晚，我坐在孤灯之下，拼凑还原当年真实发生的事件，每每看到莽权所遭遇的波折，都让我为之叹息。当年，国人为寻觅莽权、保护莽权，历经艰难。我的这个故事，犹如破案追踪，努力还原历史真相。写作过程中，书中杨慕时、王作宾、刘半农等人的高尚情怀和朴素举动，时时打动着我，激励着我作为后来人，通过撰写这本书，来致敬、延续他们保护国宝的赤子之心。

让我们发掘史料，拂去尘土，让历史再现，让细节闪亮。

我国古代度量衡与天文历法、音律都是古老文明的基础。中国度量衡史是一部完整的、上下连贯的历史。新莽度量衡改革取得了重要成果，建立了我国古代历史上最系统、最权威的度量衡学说，为后世历代考订度量衡制度提供了重要理论依据。中国2000多年封建社会，无论是战乱的侵扰，朝代的更迭，不同政权的统治，度量衡制度的变化始终没有脱离汉代和新莽时代所确立的基本思想。新莽监制了一批度量衡标准器，为推广其度量衡制度提供了具体实物依据，也在中国度量衡史上具有重要意义。近代甘肃定西出土的新莽度量衡的一切行踪，都引起当时社会的广泛关注。度量衡本是国家统一的象征，在乱世当中，亦成为国家动荡和人民百折不挠的写照。

让我们讲述文物故事，呵护中华瑰宝，保护历史遗产，坚定文化自信！

新莽度量衡的制作集合了当时众人的智慧，《国宝莽权》得以出版也是众多力量汇集的结果。

感谢诸位专家学者。新华社副总编辑任卫东先生，对陇原大地和甘肃人民怀有深情厚谊，他求真务实的工作作风、心系苍生的悲悯情怀、敏锐探寻的创造精神，是我思考和行动的榜样。中国人民大学历史学院韩建业教授阅读书稿，加以勉励："没有想到几件文物有这么复杂传奇的故事，写得也很生动，甚是难得。"同时提出了具体完善意见。北京市考古研究院韩鸿业副研究员在我创作过程中给予关心和鼓励，他工作单位所在地北海团城正是当年新莽权衡在甘肃之外第一次向全国观众展示的地方。甘肃省博物馆研究部李永平主任是甘肃省内度量衡研究专家，他为本书撰写序言，并提出改进意见。甘肃省图书馆陈军副馆长，为我发掘资料提供了非常多的帮助，鼓励我坚持创作。中国书法家协会会员、甘肃省青年书法家协会副秘书长李步宁老师，为本书临摹创作新莽权衡铭文。

感谢我的家人。我的父亲做事严谨高效，处理任何事情态度端正、一丝不苟，深刻影响我认真对待每件事情。他对书稿提出了改进意见，亲手绘制了庄严寺平面图，帮助我辨认、分析历史图片中的时代细节。我的兄长陈新长，在学术上启发我踏实前行，开拓创新，他和我一道探寻权衡出土现场，共同感受王莽历史时空气息，他的身上生动体现着革新创新的活泼力量。我的妻子周海燕，在繁忙的工作中承担了家庭的重任，让我有了创作和探索的自由空间。我的儿子陈子扬，自律努力，学习优秀，成为家庭开心快乐的源泉。

感谢诸位友人。在写作过程中，幸赖李铭泽、王昊、闫昆龙、王蓓、李彦锋、岳晨、李延睿、柳迪、冯勇、崔葆青、万学树、何永胜诸君施以诚挚的关心和帮助。

感谢出版人。读者出版社王先孟先生是我文化道路上的合作伙伴、良师益友，本书书名《国宝莽权》亦是他的创意。编辑张远先生，我们已经合作了《信仰：新安旅行团1938》，本书是良好合作的延续，我们共同感动于近代学人为保护和研究莽权所付出的努力，他用编辑的专业精神呵护国宝。

最后，尤其感谢国家文物局政策法规司、甘肃省文物局、定西市文物保护中心的领导和专家，感谢定西市安定区区委宣传部、区文体广电和旅游局的同志，他们全面践行中央和省上各项工作要求，从发掘本土真实历史文化故事、讲好甘肃文物故事角度出发，给予我大力支持和帮助。

陈晓斌

2023 年 11 月